浮遊する記憶

加葉まひろ

下野新聞社

浮遊する記憶

目　次

真珠のネックレス

記憶された少年

（一）

真綿色とすみれ色の大小さまざまな形をした雲が西の空に浮かんでいた。陽が西に傾くにつれて、雲にピンクや黄色、微かな紅の色が見えて、新井昇一は光の角度や加減によって異なった色を見せるダイヤを配した、母のブローチを思い出した。シルバー製で、大小二枚の葉の重なりの部分に一個の真珠を飾り、その横に小さなダイヤを三個配したブローチだったが、女手一つで子ども三人を育てた母の、唯一の宝石と呼べるものだった。その母の望みは新井が小学校の教員になることで、それが叶ったことを見届けてこの世を去った。母のブローチは姉ではなく、新井の妻が持っている。母と同じように箪笥の引き出しの中にしまったまま、娘に受け継ぐのだろうか。ふと母の笑顔を思い出した。

「買っただけで身につけないんじゃ、宝の持ち腐れだよ」

「いいじゃない。それでも満足なんだから」

「はいはい、俺には気持ちがわかんないけど」

「わかんなくて結構。お父さんはわかってくれるもの。ねえ？」

母は、父の遺影に向かって微笑んだ。今、母は父の遺影の横に並んで微笑んでいる。

少し感傷的な気分になった新井は、校舎を閉めるために、西空を背にして南北に長い校舎に向かってうつむきながら歩き出した。施錠は、その校舎の三階から始め、一階に下りた後、二階の通路を通って東西に長い校舎に移る手順が最も効率がいい。東西に長い校舎に移って三階の窓を閉め、二階に移る頃には西の空に灰色や青みがかった濃灰色の、大小さまざまな雲が浮かんでいた。大きな雲の向こうに陽が沈もうとしていて、南北に長い校舎の窓ガラスに黄色い空が映ると、灰色の濃淡の雲がまるで窓に鏤《ちりば》めた琥珀のように見えた。窓に映る空を眺めながら新井は、美しく夕陽に映える三階の上窓の一つが黒いのに気づいた。夕陽を映す窓ガラスのない部分は漆黒だ。しまった、あそこの窓を閉め忘れたと思って足早に戻る目交《まなか》いに真珠のネックレスが揺れた。

教員採用の二次試験に向けて勉強をしていた夏、新井は暑い下宿の二階で扇風機を壁に向けて本を読んでいた。風が当たるとページがめくれて煩わしかったからだ。どぶ川から上がる臭いが鼻の奥にへばり付き、汗をかいた肌にべっとりと絡み付く。団扇を片手に片膝を立てて読んでいて、ふと気づくと辺りがオレンジ色に染まっていた。ふうっと一息吐いて向こう岸を見ると、二階建てのアパートの窓ガラスに雲が映っていた。蒸し暑さやどぶ川の臭いを一瞬忘れさせるような美しさだった。再び本を読んでいると視野に何かが入った。顔を上げて向こう岸を見ると、二階の窓の一ヶ所だけが黒い。開いたことのない二階の窓が開いているのだ。アパートの住人は、独身者か単身赴任者だと思うが、八時を過ぎないと帰ってこない。いつもは室内灯が点いたことで彼らの帰宅を知るのだった。不思議に思って眺めていると、子どもの顔がのぞいた。たぶんエアコンもないので、窓を開けるだけの涼を取っているのだろう。窓辺に立って手を振ったが何の反応もなかった。そして、新井のことなど眼中にないかのように子どもは窓を閉めた。立つことによってわずかに見えた室内は家具らしい家具もなく、がらんとしていた。どんな家庭なのだろうと気になって、それからその窓を気にするようになったが、次の日もその次の日も、窓は開くが子どもの姿は見えなかった。

二週間後、何となく騒がしいので対岸を見ると、アパートの階下から出火していた。二階の窓は開いて、子どもがこちらを見ている。新井は、子どもが火事に気づいていないのだと思って叫んだ。だが反応がない。部屋を飛び出し階下に下りると管理人のおばさんと鉢合わせをした。

「新井さん、どうしたの?」

「おばさん、向こう岸のアパートが火事です。消防車を呼んで!」

「新井さん、新井さん、ランニング!」

——ランニング? そんなわけないだろう、火事だから走っているんだ、野次馬なんかじゃない、あの子どもを助けなきゃならないんだ。

走りながら、普段は近くに見える橋が、かなり遠いのに気づいた。必死になって新井は橋を渡り、対岸のアパートの前まで走った。すでに誰かが通報していたのだろうか、消防車が到着していたが、道が狭いので入れないでいる。消火栓から遠いのだろう、水の確保のために、ホースをつないで川の中に入れようとしている最中で、まだ規制線は張られていなかった。消防士がホースをつないでいる間にも火は燃え広がっている。足元の何本もの消火ホースを避けながら近くまで行って避難した人々の中にあの子どもを捜したが、いない。新井は叫んだ。

「中に子どもがいます！」

消防士が近所の住人に確認するように目を向けると、一人が言った。

「ここに子どもはいないよ」

「いるんです！　二階の奥の部屋。早くしないと」

「いないって！」

新井は止める手を振り払って二階に駆けあがった。ドアを蹴破ると、窓際の子どもが怯えたように振り返り、手探りで部屋の隅に動いた。少年だった。壁を伝っていくその姿で、新井は彼の目が見えないのに気づいた。

「火事だ。逃げよう」

少年の手が探ろうとしているテーブルに目を遣ったその時、新井は少年が部屋の隅に移動しようとしている理由を理解した。テーブルの上には補聴器があったのだ。少年の手に触ろうとすると、手をバタバタさせて抵抗した。目が見えない上に難聴？

「火事なんだよ。逃げないと……。くそっ！　聞こえないのか」

大声で叫びながら横抱きにすると、少年は抵抗をやめた。

――そうか、補聴器は一つ。片方の耳は聞こえているのかもしれない。

耳元に口を近づけて「火事だから逃げようね」と言うと少年はうなずいた。新井は補聴器をズボンのポケットに入れ、部屋にあった大人用のジャンパーを少年の頭から被せて外に出た。子どもを抱いた新井の姿に、下から驚きの声が上がった。階段を炎が上がってくる。もう階段は下りられない。迷っていると、隣の家に動く人がいるのに気づいた。はしごを自分の家のベランダとアパートのベランダに掛けて「移れ」と叫んでいる。自分の家が燃えるかもしれないというのに、助けようとしてくれる。だが、目の見えない少年を抱いてはしごを渡る自信はなかった。

少年の目が見えないことを告げている間に下に救助用マットが用意された。下の消防士たちが口々に飛び降りろと叫んでいる。手すりはすでに熱い。長くつかまってはいられない。子どもを投げ落としてから自分もと考えたが、この子には無理だと思った。火の粉が飛んできて新井の髪を焦がした。チリチリと髪の燃える音がする。野次馬の中から悲鳴が上がる。新井は火を手で払って消しながら、もう一刻の猶予もできないと思って少年に言った。

「下にマットがあって、受けとめてくれる人がいるから一緒に飛び降りよう。俺につかまって放すなよ。いいか?」

うなずく少年を抱きかかえて手すりの上に立つと、飛び降りた。空中で回転し、少年の体が自分の腹にくるように落ちた。マットの上でも少年の体の重さがこたえる。二次試験は受けられないかもしれないという思いが脳裏をかすめた。母のがっかりする様子が目に浮かんだ。

消防士が少年を抱き上げ、重さから解放された新井は助け起こされた。背中と腹に痛みを感じたが、大したことはなさそうだった。見ると少年が両手を差し出している。自分を探しているのだと思って腕を伸ばすと、しがみついてきた。この柔らかいが、しっかりした体。いったいこの子は何歳なのだろう。少年の肩を抱くようにしてアパートを離れると、野次馬の中から声が上がった。

「救急車、救急車」

「あんた火傷してるよ」

その声で新井は自分がランニングシャツきり着ていないのに気づいた。

――なんで俺、ランニング？

そう、走り出たときはランニングシャツ一枚だった。それに気づくと急に痛みを感じて新井は震えだした。誰かが少年を抱き取って、焼けるような肩や腕に冷たい水を浴びせてくれた。気がつかなかったが、両手のひらにも火傷をしている。氷を入れた水バケツも用意され、新井は手を浸した。それでも焼けるように熱い。救急車を待つ間、少年は新井の傍にいた。その時、血相を変えて走り寄ってきた男が、その場にへなへなと坐り込んだ。

「浩一、浩一」

「尾島さん、どうしたんだい？　こんな子がいるなんて知らなかったから、この人が助けてくれなきゃ焼け死んじゃうところだったよ」

尾島と呼ばれた男は這うようにして近づいてきて少年を抱きしめた。気づいた少年は男にしっかりと抱きついた。

二次試験の会場では、奇異な目で見られた。火傷をした顔や腕、包帯を巻いた両手、焦げた髪の毛。どう見ても教員の試験を受ける様子ではなかった。試験は実技および面接だったが、実技は事情を考慮して免除され、その代わりに四年間所属していたサークルの体操の評価が当てられることになった。幾つもの受賞記録が役に立った。面接では、消防署長や警察署長が用意してくれた文書を見せた。そこには事情が細かく説明してあった。それを見せた途端、眉間に皺を寄せていた面接官の表情が和らいだ。

「そうか、火の中に飛び込んで子どもを助けたというのは、君だったのか。それじゃ文句なしに子どもを任せられるなぁ。ねえ、先生?」

二人の面接官が顔を見合わせて微笑んだ。もう内定を貰ったようなものだ。そして、まもなく予想通りに合格通知を受け取った。後は落ち着いて卒業論文にかかれる。

気持ちの上で余裕ができた頃、新井は児童相談所の所長から電話を受けた。尾島の件で相談があるので来てほしいと言う。不審に思いながら相談所に出向くと、所長からこれまでの経緯が語られた。父親が子どもを小学校に通わせていないことを追及する、それだけのはずだったが、少年に戸籍がないことがわかったのだ。まず、少年が実の子かどうかを調べなければならなかった。尾島は死んだ姉の子だと言うが、その姉は八年ほど前に他界して火葬にされていた。妊娠の形跡も出産の記録もない。では、少年は誰の子か。単純なはずだったが、誘拐の線も浮上してきた。浩一という名前すら真偽がわからない。今、尾島は警察で事情を聴取されている。その間少年を相談所で預かることになったというのだ。少年が自分の出自を話してくれればいいのだが、あれ以来口を利かない。だが、夜はうなされて「兄ちゃん、兄ちゃん」と言う。思い当たるのは助けてくれた新井だけだった。それで来ていただいたのだと。

新井は事情が飲み込めたので、少年に会うことにした。すぐに連れてこられた少年は補聴器を付けていた。

「浩一君、久しぶり。覚えているかい?」

少年はぱっと顔を明るくして、こくんとうなずいた。

「お兄ちゃんにさ、名前を教えてくれるかな？　そうじゃないと」

「尾島浩一」

新井の言葉を遮るように少年が言った。もう何度も聞かれているのだろう、それ以上は聞くなと言わんばかりの語気だった。

「本当に浩一君なんだね？　じゃ、お父さんとお母さんの名前は？」

「お父さんは尾島武男。お母さんは死んじゃった」

尾島武男には結婚歴がないし、彼は姉の子だと言っている。

「死んじゃったんだね？　でも名前はあるよね？　お母さんの名前は？」

浩一は急に押し黙った。そして何かを言おうと口を開いて、また閉じた。それを見た新井が言った。

「お兄ちゃんが聞きたいのは、君が本当は誰なのかということなんだ。もしも尾島さんが誘拐してきたのなら……、今ね、尾島さんは警察で事情を聞かれている。だから君が本当のことを言ってくれないと、尾島さんは帰って来られないんだよ」

浩一は驚いて話し始めた。

「誘拐なんかじゃありません。でも、ぼくは本当に自分が誰だかわからないんです。お父さんは僕を助けてくれて、ずっと面倒を見てくれました。お父さんは悪いことなんてしてません。所長さんは虐待されたのかって聞いたけど、そんなことありません。記憶がないので、どうしたらいいかわからないってお父さんが困ってしまって、新聞も調べてくれたんです。でもどこの誰かわからなくて」

やっと事情が飲み込めた。記憶を失った少年が尾島に保護され、かといって誰なのかわからず戸籍もないままではどうしようもなく、現在に至ってしまったというわけだ。

二年前に茨城県で保護したという尾島の証言をもとに茨城県警に照会したが、該当する子どもはいなかった。尾島が以前に暮らしていた群馬県にも問い合わせ、さらに全国の警察に照会しても身元がわからない少年は、本人の希望もあって、養子という形で尾島武男の戸籍に記載された。その後まもなく尾島の希望で眼科医の家に養子に行くことになった。それを新井は尾島からの手紙で知った。そこには小学校の教員になった新井への、祝いの言葉も添えられていた。しかし新井は、戸籍を作りながら、養い続けようという気持ちを持たない尾島が理解できなかった。後日、新井のアパートに別れの挨拶に来た浩一は、見るからに高価そうな真珠のネックレスをした女性に手を引かれていた。その女性が浩一の目は機能的には問題がないんですと言った。一瞬、浩一の目が新井を捕らえた。見えている？　浩一は、まっすぐに新井の前まで歩いてくると、じっと見つめてお辞儀をした。

「ありがとうございました。ご恩は一生忘れません」

挨拶の言葉を教えられていたのだろうか。しっかりした言葉に新井は胸が詰まりそうだった。


今ならＤＮＡ鑑定もできたろうにと思う。そして気づいた。あの時目が見えない、八歳ということに自分たちは囚われていた。もし、それを外したなら該当する少年がいたかもしれない。十二年前、真珠のネックレスをした女性に連れられて行ったあの子はどうしているのだろう。

窓を閉めながら見下ろす校庭を、児童が走り抜けようとして立ち止まり、振り仰いで「先生、さよなら」と言った。校舎の北側にある学習塾からの帰りなのだろう。校庭を通り抜けないようにと言ってはあるが、守らない児童が時々突っ切って行く。出会ったときの浩一は、あのくらいの年齢だったなと思う。

（二）

十月の土曜日、新井は娘を妻の実家に預けて、久しぶりに妻と栃木県小山市に来ていた。司書をしている妻の趣味は、推理小説を読むこととJ・Jという歌手の追っかけだ。文化的な趣味を持たない新井は時々付き合わされる。市立文化センターでの公演を前に夕食を取った。その席で新井は、妻の胸元を飾るネックレスに気づいた。ネックレスと言っても、真珠一個に小さなダイヤが飾られたものをチェーンで下げたものだったが、その形に見覚えがあった……。新井の様子に妻が気づいてネックレスに手をやって言った。

「気がついた？　お義母さんの形見よ。ブローチをリフォームしたの。葉っぱの部分を飾り程度に小さくして、シルバーのチェーンをつけたんだけど、真珠とダイヤの辺りはそのままよ」

父が亡くなって以来、女手一つで二人の姉と新井を育てた母が買った、たった一つのブローチを、姉たちは地味だからいらないと言った。それを妻が形見としてもらってくれたのだ。その時また、大きな真珠のネックレスをした女性に連れられて行った浩一という少年を思った。

いつもは近くの本屋や喫茶店などで終演を待つのだったが、今日はチケットを買って聴く気になった。しかし、こういう公演は初めてなので、新井は何となく落ち着かなかった。公演が始まると、男性歌手目当ての大勢の女性の熱気に息苦しくなり、途中でロビーに出た。同じような状況と思われる男性があちこちのソファーに坐っている。自動販売機で缶コーヒーを買い、坐る場所を目で探していると、通りかかった警備員と目が合った。彼は「あっ」と小さな声を上げた。新井は男の顔を見た。顔に見覚えはあるが誰か思い出せない。すると、彼はそのまま通り過ぎて立ち止まり、戻って声をかけてきた。

「先生、新井先生ですよね？」

やはり小学校の保護者か。だが、何年の？「はい」とは言ったものの、どう話を続けたらよいのかわからずに言葉を探していると、彼は制帽を脱いで、さらに言葉を続けた。

「尾島です。尾島武男。浩一の父です」

新井は「あっ」と声を上げた。思いがけない再会だった。

「小山にお住まいなのですか？」

「いえ、今日はこの公演の応援で来ています。住まいは宇都宮です。先生は？」

「私は、あの時のまま東京です」

尾島は少し考える様子を見せて、これから時間を取れませんかと尋ねてきた。新井は帰りが遅くなるのを心配したが、しかし、尾島の話も聞きたかった。承諾すると、尾島は仕事が終わるまで小山駅前の喫茶店で待っていてくださいと言った。お話したいことがあるんですと付け加えた。

コーヒーを飲み終えてから、席に戻って妻に耳打ちした。すると妻が目を輝かせた。推理小説好きにはたまらない魅力だ。公演が終わって、ぞろぞろと帰る人たちの混雑を避けて椅子に坐ったままでいると、妻が「その人とどういう関係なの？」と聞いてきた。新井は尾島とのことを手短に話した。十二年前のことだった。借りていた部屋から見えるアパートで火事があり、当時大学四年生だった新井は、逃げ遅れていた少年を助けた。その少年の父親が尾島武男だ。しかし、少年の本当の父親ではなかった。盲目の上に難聴の少年を保護したが、何の記憶もないと言うので、誰なのかわからず戸籍もないままで生活していたのだった。結局、少年には尾島の養子として「尾島浩一」という名の戸籍が作られたが、尾島は浩一を他の家に養子に出すことにした。新井の家に別れの挨拶に来た浩一は、その目ではっきりと新井を捕らえた。機能的には問題がなかった目が回復したのだった。

「いい話ねえ。感動しちゃった。ううん、別れのときに目が見えるようになったということもそうだけど、それよりも火の中に飛び込んで子どもを助けたあなたによ。でもどうして、尾島という戸籍を作ったのに養子に出しちゃったの?」

「おれもそれを知りたかったんだ。今日話してくれるかどうかわからないけど、向こうから話があると言ってきたんだ。聞かない手はないだろう?」

妻はわくわくすると言いながら喫茶店で尾島を待つことに同意した。尾島が言った駅前の喫茶店はすぐわかった。しかし、バスを降りると店のシャッターが閉まるところだった。駆け寄ると、店員がすまなそうに「申し訳ありません、閉店時間なので」と言ってシャッターの向こうに消えた。

「しょうがないじゃない。入ったところで、尾島さんが来るまでどれだけ時間がかかるのかわからないんだから」

それもそうだ。仕方なく、駅の券売所付近に入って、そこから店の辺りを見張っていようとした。妻は時刻表を見上げて新井の顔を見ると、いたずらっぽく微笑んだ。

「今日は、新幹線ね。遅くなってしまうもの」

新井はうなずいた。これから尾島の話を聞くのでは相当遅くなるだろうと覚悟していた。

だが、それよりも尾島と会えるかどうか不安だった。駅前の喫茶店で待ち合わせと言うからには、電車で宇都宮まで帰るつもりなのだろうと思いながら外を見やると、その目に喫茶店の前で左右に目を遣っているジャンパー姿の男が映った。妻と一緒に男の方へ走り寄って声をかけると、振り向いたのは、やはり尾島だった。

「営業時間が過ぎて、閉店してしまったんですよ」

「そうでしたか。すみません。じゃ、あそこにファーストフード店がありますから、そこに入りましょう」

駅横の店に入って席に着くと、尾島は三人分のコーヒーを注文して運んできた。妻は、その手首の高価そうな時計にちらっと目を遣った。その視線を追って新井も時計を見た。尾島の身なりから考えると不釣り合いだった。

「あっ、コーヒーでよかったですよね？」

新井と妻は微笑んでうなずいた。一通りの挨拶の後、尾島は微笑みながら、上着のポケットから一枚の写真を出した。スーツ姿の青年がポーズを決めている。ゆったりと落ち着いた雰囲気を漂わせて微かに微笑んでいた。

「これは浩一なんです。是非先生に見ていただきたくて。その節は大変お世話になりました」

養子に出してから面会を禁じられていた尾島のもとに、今年になって突然浩一が訪ねてきたと言う。その時持ってきた成人式の記念写真を、縮小コピーして持ち歩いていると話す尾島の表情は自然と笑みがこぼれ、幸せそのものだった。新井はがっかりした。彼は立派になった浩一の姿を見せたかっただけなのだ。その表情を見ながら、新井は自分の心に細波が立っているのに気づいた。過去の尾島の不幸を知っていながら、彼の今の幸せを素直に喜べない。かと言って、尾島が不幸のままであってほしいと願っているわけでもなかった。自分の心を扱いかねている新井を横目で見ながら妻は、自分の鼻を人差し指の先で、チョンチョンと叩いた。司書の妻のことだから芥川龍之介の『鼻』を意味しているのだろうと気づいてうなずいた。妻はにこっと笑うと尾島に話しかけた。

「それで、浩一さんは今どうしていらっしゃるの？」

「ああ、今東京の大学に行ってまして、医学の勉強をしているんですよ」

「でも、耳の聞こえがよくないと、聴診器なんかも大変ですよね？」

「あ、ご存じなんですか？　いえ、聴診器の心配があまりない科を選んでるんですよ。眼科です。養家が眼科なので。問診には補聴器さえあれば困りませんし、看護師さんの補助もありますので。この前は大学で〝何とか賞〟を頂いたと言っていました。あ、これ浩一がくれた時計です。副賞に時計を頂いたから、自分が使っていた時計をくれるというので、もらいました。いい時計でしょう？　ちょっと私にはもったいないと思うんですが」

不釣り合いな時計を見せて、頭のいい息子を自慢する父親のような尾島に、新井は不思議に思っていたことを単刀直入に聞いた。

「そんなに頭のいい浩一君を、どうして養子に出したんですか？」

それは、幸せ話の流れの中で出た言葉のはずだった。しかし、どこかに僻みのような意味合いのある言葉だったかもしれない。尾島の笑顔は止まった。少しの沈黙の後で言った。

「私は何度も転職を繰り返してしまいました。その時点で出世街道から外れたんです。だけどあの子は頭がいい。記憶……記憶を失っても目が見えなくてもいろんなことを理解したのです。給料が上がる見込みのない私が、あの子にしてやれるのは限られています。ですから……」

「すみません。悪いことを聞きました」

尾島は首を横に振ると、堰を切ったように話し出した。

「あの時の自動車整備会社の社長が事情を知って、浩一を眼科に連れて行ってくれたんですが、機能的には何の問題もないと。診察したその医師から話を聞いた別の開業医の夫婦が、子どもがいないので養子にほしいと申し出てくれたんです。願ってもないことだと思いました。だからあの子に言いました。養子に行ってくれと」

「それで、すぐに承知したんですか？」

「すぐにじゃありません。あの子はいやだと言いました。そのとき……」

尾島はちらっと新井の妻を見た。それを見て新井は、妻は信用できる人だから、何を話しても大丈夫だと請け合った。妻が目を輝かせ幾分頬を紅潮させているのが視野に入った。きっと「信用できる人だから、何を話しても大丈夫だ」という言葉に反応したのだろう。一人の人物に無条件で信頼を置くのは、簡単ではない。だから新井は自分の発した言葉に驚くと同時に、改めて妻を信頼していたことに気づかされた。そんなことに気づかないかのように「そんなつもりじゃなかったんですが」と言いながら、尾島は話を続けた。

「あの子は、こう言ったんです。『お父さん、僕を捨てないで』と。私は捨てるなんてとんでもないと言いました。そうしたら言うんです。『じゃ、なんで養子に行けって言うの？　僕の目が見えないから捨てるんでしょ？　もう捨てられるのはいやだよ』と。私は驚きました」

浩一が言ったという言葉を聞いて、新井と妻は顔を見合わせた。その言葉は浩一の過酷で切ない過去を想像させた。父親に一度捨てられていたのだ。

「で、私は言ったんです。そうか、本当のお父さんに、あんなひどいことをされたのか。それでお前は記憶をなくしたのかと。でも浩一は黙ってしまいました。そうですよね？　捨てられたことを覚えている浩一は、記憶を失ってはいなかったんです。私はあの子が一層可哀想になりました。実の父親に捨てられた悲しみを心に秘めて記憶喪失のふりを、ずっとしてきたのです。どんなに苦しかったことでしょう。私は言いました。お父さんと一緒にいると、いつか本当のお父さんが探し出すかもしれないじゃないかと。それを聞いてあの子は泣きながら承諾したんです。あの時までにも、どれほどひどい虐待をされてきたのか。それを思うと可哀想で仕方がありませんでした」

「でも、もしかしたら実の父親が後悔して探していたかもしれないんじゃないですか？」

「いえ、そんなことは絶対にないと思っています。あんなひどいことをしたんですから」

「そうですか。ひどいことをねぇ……ところで保護したとき、浩一君は何歳だったのですか？」

それには答えず、尾島がちらっと時計を見た。話を切り上げたいと思ったようだ。「そろそろ出ましょうか」と言いながら、写真をポケットにしまおうとして、一枚の名刺くらいの紙を落とした。テーブルのそれを、さっと拾ってポケットに入れると、立ち上がろうとする新井たちを手で制して、慣れた手つきでトレーを運んで行った。そうして包みを受け取って戻ってきた。たぶん夜食用に頼んで置いたのだろう。店を出るときに「先生のご住所を教えていただけませんか？　後で手紙を出しますから」と言ったので、新井は手作りの名刺を渡した。教員には名刺が支給されない。

尾島は新幹線の改札口で、さっきの包みを差し出した。

「お時間を取っていただいて、ありがとうございました。これは私のほんの気持ちです。車中で食べてください」

「いや、奥さんが待っていらっしゃるでしょうから…」

断ろうとしたが、尾島は「帰っても誰もいないので……独り者です」と強引に新井に渡した。新井は尋ねた。

「なぜ結婚なさらないんですか？　浩一君が養子に行ったのなら、もうご自分の幸せを求めてもいいんじゃありませんか」

新井の言葉に尾島は返事をしなかった。無言のまま新井たちが新幹線のホームに消えるまで、何度もお辞儀をして見送ってくれた。

新幹線の中で、新井は尾島のことを思った。実の父親でもない彼がいまだに独身でいて、浩一が訪ねてきたことをあんなに喜んでいた。巣立っていった子どもが帰れる場所を、用意して待っている父親のようだ。父性が彼にはある。子どもの心の安定に必要なのは、実の親かどうかは問題ではなく、育てる人に親としての資質があることなのだ。

「あら、ダブルバーガーよ。ホットコーヒーも入ってる。おいしそう。食べていいかしら。でも、また太っちゃうなぁ」

隣で妻が、包みを開けて食べ始めた。それを横目で見ながら言った。

「だけど、尾島さんは随分気を遣っていたなぁ。すぐに行けば前の電車に間に合ったのに」

「あら、あの人、車よ」

「え？　なんでわかる？」

「だって、駐車券を持ってたもの。えっ、気づかなかった？　さっき落として急いで拾ったでしょ。あれよ。それに、着替えていたでしょ。応援で来ているのなら、着替えた制服はどこに置いたの？　まさかロッカーになんて思っていないでしょうね」

妻がにやっと笑って言った。

「それにねぇ、私たちが乗ったバスは最終バスよ。ここまで来るのには車かタクシーかでないと。私たちが見ている間にタクシーが止まったかしら？」

「参ったよ。さすが推理小説好きだけある」

「こんなの序の口よ。高価そうな時計の理由もわかったし……でも、なんだか、わからないことだらけねぇ」

新井も疑問を感じていた。尾島は答えなかったが、記憶を失っていなかったのなら、浩一は何歳なのか、そして本当は何という名前なのか。実の父親とはどういう人物なのか。尾島がはっきり言わなかった「あんなひどいこと」という内容も気になった。

つまり尾島は浩一を、実の親によって「ひどいことをされた」後で保護したので、迷子の状態で保護したわけではなかったのだ。尾島が、浩一を保護しても警察に届けなかった理由がそこにあると思った。その時、以前報道された幼児殺害事件を思い出してぞっとした。もしも生きながら川に投げ込まれたのなら……。それなら、実の父親が浩一を探すはずもない。新井はいくつもの謎の答えを知りたいと思い、尾島の住所を聞かなかったことを悔やんだ。こちらからの連絡の手段がない以上、彼からの手紙を待つしかなかった。しかし手紙はきっと来る。妻の胸元に光る真珠のネックレスが、尾島や浩一との縁が切れていないことを予感させた。

（三）

尾島からの手紙は、なかなか来なかった。諦めかけた三月の末に、手紙は来た。随分悩んだのだろうと思いながら、震える手で封を切ると、やや変色した便箋に、書き慣れないような字で書かれていた。

手紙を差し上げると言いながら、なかなか書けずに失礼しました。それでもまだ悩んでいます。事実をお知らせしていいのかと。それでもこれ以上お待たせしてはいけないと思って、書きました。浩一のことは後にして、まず私の境遇をお知らせしようかと思います。退屈かもしれませんが、お読みください。

私と姉は、茨城の山間地に祖父母と両親の六人で住んでいましたが、小さい頃に両親を事故で亡くしました。リンゴの手入れをして車で帰る途中、道路から転落したのです。衝撃で車の外に投げ出されたのですが、母は道路すぐ下の斜面で、父は車が止まったところから、さらに下の川岸で発見されました。発見までに時間が経っていたので、病院に搬送された後、死亡が確認されました。リンゴの手入れをするにしても、町まで出て行くにしても車がなくてはなりません。運転していた両親が亡くなると、祖父が運転して日常の生活は維持できました。でも、すぐに体調を崩した祖父は水戸市内に住む伯父に引き取られ、同時に祖母も移りました。私たちは笠間市に住む叔母に引き取られたのですが、夫を亡くして以来、自分の子どもを一人で育ててきた叔母にとって負担だったようです。気づいたら、いなくなっていました。夜逃げ同然に引っ越していったのです。置き去りにされた私たちは、伯父にも見捨てられ、仕方なく笠間市の児童養護施設に入りました。十歳頃になると、姉は将来の姿が想像されるくらいに美しくなりました。養女にしたいという人が現れて姉は貰われていきました。私はこの世の中にたった独りになったような気がして鬱ぎ込んでいましたが、ある日、暗い表情で突き刺すような眼差しをした姉が帰ってきました。実子ができて養女はいらないと返されたのです。これ以上ないくらい飾り立てられ、小学校でもうらやましがられたお嬢様生活から養護施設に戻されたのです。たった二年の夢でした。同じ小学校から施設の近くの中学校に通う子どもは大勢いました。「お嬢様」とからかわれ、いじめられました。天国から地獄へ突き落とされたような感じがしたと思います。

先生は、去年の十月に小山市でお会いしたときに、なぜ未婚なのか、浩一を養子に出したのだから、自分の幸せを求めてもいいのじゃないかとおっしゃいました。でも、私は姉のことを考えていたのです。養子に行った浩一の将来が心配でした。養家に実子が生まれたということを聞いて、浩一に帰れる場所を用意しておこうと思ったのです。そのためにも未婚でいなければと。馬鹿な考えかもしれません。しかし、戻ってきた姉の失意が、見ていられないほどの苦しみが痛いほどわかったので、浩一にあんな思いをさせてはいけないと思っていたのです。それでなくても浩一は辛い思いをしてきたのですから。なぜ浩一を保護して秘かに育てたのか。私はあの子に私と同じ匂いを感じたからだと思っています。保護してくれる肉親のいない人間の匂いです。

姉は高校を卒業すると、施設を出て結城市で働き始めました。住み込みです。週に一度、施設に来て私にお菓子を買ってきてくれました。でも、来るたびに化粧や服が派手になっていくのです。後でわかったのですが、同じ職場に半年といられずに、職を転々と変えて、最後にはキャバクラで働いていたのです。施設長さんが根気強く何度も住む家や就職の際の保証人になってくれたのですが、姉はそれも拒否して行方をくらましました。姉には人との関係をうまくやる方法がわからなかったのです。親がいないから他の人と変わっているのじゃないか。養家から返されたのは、自分の心がおかしいからじゃないかと考えていました。親がいなくて育ったから人間関係をうまく作れないのかどうかは、私にもわかりません。でも、姉はそう思い込んでいました。悩みに悩んで荒んだ心につけ入る人がいました。自分に非があると思い込んでいた姉は、無条件に相手の男を信じたのです。妻子ある男にだまされ、妊娠して捨てられました。その頃には私も結城市にあるスーパーで働いていましたから、私を頼ってきました。姉は泣きながら言うのです。

「子どもは堕ろしたくない。この子に罪はないいんだもの。せっかく生まれようとしているのに、どうして殺せるの？　でも、でもお願い、堕ろす費用を出して」

姉はごめんね、ごめんねと言いながらお金を持ってどこかへ行きました。それは私に言ったものか、お腹の子どもに言ったものかわかりません。たぶんその両方だったのだと思います。姉は遠くの町の、カルテも保存しない怪しげな産婦人科で堕ろして帰ってきました。あの火事の後、姉の身元を調べた刑事さんが妊娠出産なんて記録がないぞと言いましたが、姉は妊娠していると気づかれないような体型でしたし、産婦人科にも通っていませんでしたからカルテもなかったのです。中絶はどこか遠くでしましたから、そのカルテも残っていなかったのです。ともかく中絶の後、体調が良くなるまではと言って、姉は家事をやってくれましたが、まもなく病死しました。不幸な人生でした。私は姉の死が受け入れられずに酒におぼれる生活を送るようになっていきました。

ある日、酒に酔って公園に行くと、女の子がブランコに乗っていました。その顔を見ると、亡くなった姉の小さい頃によく似ていたのです。私は女の子の隣のブランコに腰かけて話し始めました。女の子は家庭のことをいろいろと話してくれ、私は、私たち姉弟の楽しかった頃を思い出して幸せでした。その時、いきなり目の前に警察官が現れたのです。何をしているのかと職務質問されました。女の子の母親らしい人が、走ってきて子どもを連れ戻していきました。不審者と思われたのです。私は悔しくて泣きながら帰りました。両親がいないから、こんな扱いを受けるのだと思いました。もう誰も信じられない、誰も自分を信じてくれないという思いがしたのです。私は本当にこの世の中でたった一人でした。

そんな時、浩一と出会ったのです。不幸な少年は私にとっては唯一の家族になりました。私たちのように養護施設を経験させたくない。姉のように、養子に出されて戻されるような苦労はさせたくない。私は、自分の子としてあの子を育てようと思ったのです。何よりもあの子との出会いが普通ではありませんでしたから。浩一は……姉が中絶した子に付けた名前です。あの子の本当の名前ではありません。

それでも、まだ悩んでいます。先生は私の言葉を受け入れてくださいますか？　負担になるかもしれませんが、それでもいいのでしょうか？

新井は尾島に手紙を出した。人一人の過去は重いものです。負担になるような過去は二人で共有しませんかという言葉を書いて。そして考えさせられた。両親がいない人物だから警戒したのではない。一人で遊ぶ女の子に近づく男がいたら、自分でも警戒するだろう。純粋に話をしたいと思う人にとって、それは大変な侮辱だろうが、親や教師としては放っておけないというのが実情だ。肉親に見捨てられ、ただ一人の姉を失った尾島は再び世間から見捨てられたのだ。可哀想だったと思う。そこに現れた浩一という、庇護を必要とする少年は、間違いなく尾島にとっての救いだったのだろう。

それからまた手紙が届くまでに四ヶ月も待たなければならなかった。二回目の手紙が届いたとき新井は、尾島が教師の長期休業期間を考えているのだと気づいた。

お言葉ありがとうございました。やはり事実をお伝えしようかと思います。もしも途中で気分を悪くされたら、破棄してください。

当時私は結城市に住んでいたのですが、栃木県宇都宮市に実家がある同僚に、中心部から十キロほど離れた町の祭見物に誘われました。それで、車を宇都宮の駐車場に置いてバスで祭に出かけました。祭の会場では「明日は休みだ。思いっきり飲もうぜ」と言いながら二人で酒を飲みました。酒に酔って祭の会場をふらつくうちに、同僚とはぐれ、私は山の中に迷い込んで、そこで寝込んでしまったようです。寒さとザッザクッという音に目を覚まして、そっと起き上がって見ると、近くで誰かが懐中電灯の明かりを頼りに穴を掘っているのです。なんとなく異様な雰囲気なので息を殺して見ていますと、掘っているのは男二人でした。交替で掘りながら傍にある布の袋を見ているようなのです。袋は動いていて、微かな鳴き声がするのです。ニャーともキャンとも聞き取れるような声なので、犬か猫を生き埋めにするのかと思いましたが、違いました。「助けて、やめて」といった言葉が聞き取れてぞっとしました。彼らは人間の子どもを生き埋めにしようとしているのです。酔いもすっかり覚めて、私は彼らが帰ったらすぐに掘り起こして助ける覚悟をしました。

彼らは穴を掘り終えると、袋をその中に投げ入れ、土をかけ始めました。私は息が詰まるような感じがしましたが、動くわけにはいきません。こんな山の中で助けを呼ぶのは無理です。子どもの微かな泣き声は聞こえなくなりました。彼らは穴を埋め終えると、たばこを吸い始めてなかなか立ち去ろうとしません。じっと我慢していると、やっと去っていきました。何もなかったように雑談をしながらスコップを持って消えました。私は平らに均されたその場所に駆け寄り、穴を掘り返しました。素手ではうまくいきません。でも、早くしないと子どもは死んでしまいます。近くの木の枝を折って掘りました。取りあえず顔の辺りの土を除けて袋の口を開けました。男の子の顔が見えましたが、ぐったりしています。声をかけましたが反応がありません。急いで体の部分の土を除けました。子どもを穴から出して体を揺すりました。息をしていません。脈もないので、心臓マッサージをしました。見よう見まねで効果があるかどうか不安でしたが、幸いなことにすぐに目を開けてくれました。ほっとしたのですが、怯えた表情の子どもは言葉を言いません。無言で抵抗します。私は声をかけました。

「あいつらは、もういないよ。大丈夫だよ」

その時、うなずく子どもの耳に補聴器があるのに気づいて思わず抱きしめました。生き埋めにするなら、せめて補聴器を外してほしかった。生き埋めにされる音をこの子はずっと聞いていたのだと思うと涙が出そうになりました。そして、私の顔を探ろうとする子の、大きく開けた目が見えないことにも気づきました。その子が浩一だったのです。

助け出した私は浩一を背負って山を下りました。ここがどこかもわかりません。大きな道に出たのですが、もう、バスもありません。男らに見つかるかもしれないという恐怖もあって、私は小走りで夜道を走りました。その時、ヘッドライトが背後から近づいてくるので、ドキッとしました。車が傍に止まり、中から男の人が声をかけてきました。どうしたのかと言うので、子どもの具合が悪いので、夜間診療所に連れて行くのだと答えました。車はと聞くので、酒を飲んだので運転できないと言うと、彼が「乗りな」と言うのです。迷いましたが後部座席に乗りました。どう考えても歩いては宇都宮の駐車場まで行けないと思ったからです。彼は泥だらけの私たちを不審に思ったようで、しばらくしてから理由を聞いてきました。

「泥だらけじゃないか。どうしたんだい?」

「通りに出る途中で転んで田んぼの中に落ちたんです」

彼は黙ってスポーツタオルとウェットティシュを貸してくれました。それで私は浩一の顔を拭き、自分の顔や手を拭きました。その様子を彼はバックミラー越しにちらちらと見ています。疑われていると思いました。済生会宇都宮病院の入り口まで送ってもらったのですが、降り際にぐったりしていた浩一が起き上がり「お父さん、着いたの?」と言って私にしがみつきながら、男に礼を言ったのです。助かりました。それで本当の親子のように思われたことでしょう。病院に入ると見せかけて、男の車が去ると私はまた浩一を背負って走りました。

途中で背中の浩一が何も言わないので心配になって下ろしました。自動販売機の明かりで見ると、唇が土気色になってカサカサです。温かいココアを買って手に持たせると、ゴクゴクと一気に飲みました。いつから飲み食いしていないのかと可哀想になりました。途中何度か温かいものを買って飲ませながら、駐車場にたどり着き、すっかり酔いも覚めていましたから車で家まで帰りました。その日まで、酒酔い運転は何度もやっていたのですが、それでも、もしもこんな時に警察に捕まったら大変だと思い、慎重に運転して家に着いたときには、もう夜が明ける頃になっていました。家では浩一に温かい牛乳を飲ませ、カップラーメンを作って食べさせました。落ち着いたところでいろいろ質問しましたが、浩一は何も答えてくれませんでした。それで記憶喪失なのではないかと思ったのです。名前がわからないので私が浩一と名付けました。そうです。十二年ほど前には茨城県で保護したと言いましたが、あれは嘘です。本当は栃木県でした。

その日は一日中、浩一と息をひそめるように暮らし、翌日は浩一を家において普段通りに出勤しました。私が酒に酔って途中で消えたことを同僚は心配していたようで、ほっとした顔をしたのですが、どうやって帰ったのか、なんで連絡をくれなかったと聞いてきました。でも生返事をして、会社においてある新聞やテレビで行方不明の子どものニュースを探しましたが、ありませんでした。その後も気をつけていたつもりですが、見落としたかもしれません。警察に届けることも考えましたが、女の子の件もあって、誘拐犯と思われるのではないかと恐れました。浩一は何も覚えていないし、私はあの場所がどこだったのかもわかりません。説明ができないのです。ともかく浩一を殺そうとした人から守らなければなりません。そう思いました。

ある日、大家から聞かれました。日中トイレを使う音がすると隣が言うのだけど、誰かいるのかと。私はちょっと、友達を泊めただけだと答えましたが、浩一にはトイレを使っても水を流さないように言いました。人目に付かないように夜遅くなってから浩一を車に乗せて隣町に行って銭湯に入りました。できないときは流しで行水をさせました。髪の毛は少しでも長い間切らずに済むように丸刈りにしました。私がバリカンでやったのです。音が隣の部屋に聞こえないように、車で移動して公園の中でやりました。丸刈りになった頭を撫でて、浩一は、ちょっと涙ぐみました。ごめんと言って抱き寄せると、私に抱きついてきました。かわいさが募ります。

しかし、こんな生活が長続きするはずがありません。

「尾島はいいよなぁ。俺なら、あんなに食ったらデブっちゃうよ。それとも、誰かを誘拐して監禁してるんか？」

同僚の言葉にドキッとしました。どこかで見られたのです。二人分の弁当やパン、菓子類を買う姿を。近所や会社の目を気にするようになって、私は会社を辞めて引っ越すことにしました。茨城でも栃木でもないところと考えて、群馬県を選びました。養護施設の施設長さんが心配してくれたのですが、事情を話す気にはなれませんでした。仕事も住む場所もないまま、私は浩一を車の後部座席に置いた段ボール箱に入れてわからないようにして移動しました。あの子は怖がりましたが、途中途中で開けるからと、よく言い聞かせて。群馬県に入ると、助手席に乗せました。これからは自分の子どもということにしようと思いました。浩一に話すと、うなずいてくれました。その時からお互いの了解の下に親子になったのです。ともかくも群馬に着いてすぐにアパートを探しました。保証人はいらないから四ヶ月分の家賃を払ってくれないかと言う大家の言葉を幸運だと思いました。でも、それで貯金は残り少なくなりました。

すぐ警察に届ければよかったのかもしれませんが、あの夜の光景がためらわせました。一人で守ろうと決めたのです。しかし、戸籍はどうしよう、学校はどうしようと悩むことが多くなりました。取りあえず就職先を探さなければなりませんが、あの子はじっと待っていました。幸いなことに小さな食堂で求人広告を見て店の主人と話をすると、すぐに採用してくれました。朝の十時から夜の九時まで働きましたが、その間もあの子はじっと待っていて少しも嫌がりません。それが我慢をしているという風でもないのです。人懐こく私を信頼しているように思えたので、次第に情が移りました。もう手放したくないという思いが募って、警察に届けようという考えは私の頭から消えました。

でも、そういう暮らしもまた長続きしませんでした。補聴器の電池を買おうとすると、店の主人から調整を勧められるのです。本人を連れてきてください、もっといい製品がありますよと言われると、もうその店に行きたくなくなるのです。別の店に行ったりしているうちに面倒になりました。そのうち食堂の主人が亡くなり、職を失って東京に出てきました。そして自動車整備会社で整備士見習いとして働き始めたころ、あの火事が起きたのです。あのアパートの大家は子どもを嫌がりましたから、浩一のことは内緒です。誰も知らないのだから大変なことになると思い、私は連絡を受けて急いで自転車を走らせました。火事場には車を停められないと思ったからです。ペダルをこぎながらも、浩一が私の助けを求めながら焼かれる光景が浮かんで、生きた心地がしませんでした。ですから無事な浩一の姿を見たときには心も体も震えました。

先生のお陰です。あの時気づいてくださらなかったらあの子は死んでいたことでしょう。そして、先生が浩一に安心感を与えてくださったことが、あの子の目を、機能的には何の問題もないという目を開かせてくれたのだと思います。ありがとうございました。

（四）

行方不明の子がいれば、新聞に載るはずだし、それを読んだ人々から情報が得られるはずと新井は思っていた。それがないのが不思議だったが、尾島の送ってきた手紙から、浩一の身元がわからなかった理由がわかってきた。茨城県、目が見えない、八歳ということがネックになっていた。しかも唯一、二人と会った男も親子と信じていたのだろうから情報を提供することなどなかったのだ。しかし、もう誰でもいい。新井は尾島と浩一の将来が明るいものであってほしいと願わずにはいられなかったが、尾島の不幸は終わらなかった。その後、何度手紙を出しても返事が来ないので、心配になって手紙の住所を訪ねたが留守だった。しかし、ベランダに洗濯物が干してあるのを見ると、住んでいるのだろう。郵便受けに自分が来たことを告げるメモを入れ、帰ろうとして再び見上げたベランダに、コバルトブルーの地に緑と赤茶と白の縞模様が入ったスポーツタオルが干してあるのに目が留まった。他の洗濯物と比べて違和感のあるタオルだった。その後も便りがなく、また訪ねると引っ越した後だった。大家に聞くと、病気になって働けなくなった尾島を、息子と名乗る青年が車に乗せて連れて行ったが、車に乗るとき、青年に痩せた体を軽々と抱き上げられた尾島は泣いていたそうだ。その後、青年が荷物を引き取りに来て、それから後はわからないと言う。それからしばらくして新井の元に住所の書かれていない一通の手紙が届いた。差出人は尾島浩一。養子に行った先の姓ではなく、尾島という姓で書かれていた。胸騒ぎがして新井は急いで封を切った。

手紙に同封されたポチ袋と写真が一枚落ちた。拾い上げた写真には、すっかり医師の姿になった白衣姿の浩一と尾島が写っていた。やせ細って顔色も悪くなった尾島がベッドの上で上半身を起こし、支える浩一の腕をしっかり握っていた。一緒に微笑んでいるが、かえって痛々しさを感じる。浩一は眼科の医師と聞いたが、内科、いや外科だったのだろうか。新井はふと気づいた、ベッドの横に写っていたのは、あのコバルトブルーのスポーツタオルだった。

ご無沙汰しております。父尾島武男は先月不幸な生涯を閉じました。病気は思ったより悪く末期の胃ガンでしたので、手を尽くしましたが、とうとう帰らぬ人になりました。遺品を整理しているうちに、先生からのお手紙に気づきまして、ご報告をさせていただきました。

父は私を養子に出した後、整備会社を辞めて警備会社に入りました。養家から私と会うことを禁じられたので、遠くに行ってしまおうと思ったらしいのです。しかし、父は会社の社長さんに転出先の住所を教えてくれていました。もしかしたら私が尋ねてくるのじゃないかと淡い期待を持っていたようです。二十歳になり成人式の記念写真を撮ったときに、どうしても父にその姿を見せたいと思って整備会社に行きましたら、社長さんが喜んで教えてくれました。突然行きますと、父は勤務中でしたので、待ちました。大家さんが今日は夜勤かもしれないよと言ったのですが、それでも待ちました。もう諦めて出直そうかと思ったとき、父は帰ってきました。その父の姿を見て、私は泣きそうになりました。くたびれ果てたという様子だったからです。鍵を開けて家の中に入ろうとする背後から「お父さん」と声をかけますと、驚いて振り向いた父は、しばらくは状況がつかめなかったようですが、「お父さん、浩一です」と言うと泣き出しました。私も父を抱きしめて泣きました。もう放すまいと思いました。

それから後、何度か父と会う機会を設け、その時に先生と偶然再会した話が出ました。誰も信頼できる人がいない中で、先生がただ一人の相談相手だったのだと思っています。本当にありがとうございました。また、以前には私を火の中から助け出していただいたことを、改めてお礼申し上げます。私は現在、医師として働いていますが、燃えさかる火の中に飛び込んで助けてくださった先生を理想としています。危険を顧みずに人のために動くことがいかに大変なことか。自分だったら躊躇していただろうと思うたびに、先生のお心を思わずにはいられません。亡き父ともども感謝しております。ありがとうございました。くれぐれもご自愛ください。

同封のものは父が奥様にと思って買い求めたものです。小さなものですが、ご笑納ください。

封筒の中からこぼれ出たポチ袋の中には、薄い紙で何重にも包まれた本当に小さな小さな真珠のイヤリングが入っていた。まるでネックレスに合わせたような……尾島は妻の胸元を飾る真珠に気づいていたのだ。それは浩一を連れて行った養家の女性ともつながっている。きっと浩一は養家を出されてはいないのだ。少なくとも尾島の姉のような目に遭ってはいないと思われた。それは、二回目の浩一からの手紙によって明らかになった。

お元気でしょうか。あれから父の遺品を整理しましたが、その中に先生へのお手紙の下書きが出てきました。何度も書き直したのでしょう。書きながら泣いていたらしいシミのある紙も出てきました。私は父尾島武男の境遇を知りませんでした。不幸な境遇ゆえに私をしっかり保護してくれたものと思います。誤解なさらないでください。児童養護施設が悪いという意味ではありません。施設長さんも寮母さんも父の勤務や住まいについては、いつも親身になってくださっていたようです。しかし、実の親がいるといないとでは、意識の上でかなり違ったようです。父の手紙を読みながら、親を失って親身になってくださる施設の人々に育てられるのと、実の親に虐待されて育てられるのとどちらがいいのかと考えました。答えは出ませんが、私の鼓膜は実の親によって破られたものでした。その後、しっかりした治療も受けさせてもらえず、難聴になってしまったのです。片方の耳が難聴だということは、もう一方の正常な耳の機能にも影響します。私は実の親の元に戻って養育されることを拒否しました。そして温かい心の父、尾島武男の養育を受け入れたのです。

生き埋めになったあの夜、父に抱きしめられて、この人は自分を守ってくれると思いました。親切な人が車に乗せてくださったとき、全身の力が抜け父の膝を枕にしながら父の体温を感じていました。酔いが覚めきらない体は温かかったのです。父は自分よりも先に私の顔や体の泥を拭ってくれました。父の手紙にはなかったようですが、その時、父は初めて「浩一」と呼びました。「浩一、大丈夫か」と何度も言うのです。私は誰を言っているのかと思いましたが、私きりいません。私はうなずきながら「浩一」になろうとしました。私の顔を抱え込むようにしたときには、父の激しい鼓動を感じました。それで、父が真剣に私を守ろうとして緊張しているのだと思いました。

生き埋めの恐怖、目の見えない恐怖、真剣に自分を心配してくれる人の温かさ、そんなものが入り交じって私は涙を流しました。その時、頬に温かい雫が落ちました。父が泣いているのです。男が泣く。そんな経験は初めてでした。私を抱きしめながら父が泣いている。それを感じた私は声を出して泣きました。その時、ドライバーが「ボク、もう少しだからがんばれよ」と言ったのです。

それでもまだドライバーが半信半疑でいるらしいことはわかりましたから、病院に着いたとき、わざとしがみついて「お父さん」と言ったのです。そして男の人には「おじちゃん、ありがとう」と言いました。彼は優しい声で「いいよ、いいよ。早くよくなるんだぞ」と言ってくれました。目が見えないからこそ、その言葉に込められた優しさがわかりました。父はその人がくださったコバルトブルーのスポーツタオルをずっと大切にしていました。泥で汚れたタオルを洗濯して、いつもお守りのように持っていたのです。温かい人の心を忘れないために。それから後のことは父の手紙の通りです。父から「これからは親子だぞ」と言われたとき、私はそれをすんなりと受け入れました。ですから、あの生活をも受け入れたのです。決して嫌な生活ではありませんでした。むしろ幸せでした。

　父がなぜ結婚しないでいたのかもよくわかりました。自分のせいで苦労をかけていたのだと思うと、申し訳ない気持ちでいっぱいです。週三回の診療を担当していた大学の病院に父を入院させていただき、科は違っても空いた時間に父の元へ行くことができたのがよかったと思っています。最期を看取ってあげられたことで、少しは恩を返せたのではないかと思います。葬儀は私と私の友人とで執り行いました。事情があるので、法要などはすべてお寺にお任せしてあります。しかし、月命日には必ず墓参りに行くようにしていますので寂しくはないでしょう。

　私は幸いに父の姉のような目には遭いませんでしたが、事情があって自分から養家を出ました。しかし、戸籍はそのままであり、育てられ教育を受けさせて貰った恩は忘れないつもりです。

　先生にはもう一度お会いしたいという気持ちになるのですが、お会いすれば、境遇をお話ししなければならないという思いもあって諦めました。私という存在は忘れていただきたくお願い申し上げます。

くれぐれもご自愛くださいますようお祈り申し上げます。

追伸

私は周囲の人を不幸にしてしまう運命なのでしょうか。自分の存在そのものが疎ましいと思うときがあります。できるなら多くの人を救い、幸せにしたいと思っているのですが。先生と親しくなることが、先生をも不幸にしてしまうのではないかと恐れることもあります。ですから、私のことはお忘れください。

浩一からの手紙はこれが最後だった。連絡先も本名もわからないまま、尾島浩一との縁は切れてしまった。だが、浩一の帰りをひたすら待っていた尾島が、浩一の看病を受けて亡くなったことを知って、哀れな一人の男の最期が幸せだったと感じた。「周囲の人を不幸にしてしまう」などと思うことはない。尾島は浩一という存在に幸せを感じていたと思う。

どんなに苦労の多い人生だったとしても、人間は死ぬ間際に幸せなら、それでいい。最期を看取ってくれる家族がいればいい。たとえ死に目に会えなかったとしても、この世に自分とつながる家族がいると思うだけで幸せなのではないか。新井は最近、そんな気持ちになっている。母もそうだったかもしれない。ひたすら働いて育てた二人の娘も結婚し、息子の自分も望み通りに小学校の教師になって結婚し、三人の子どもたちの儲けた孫たちを抱くこともできた。きっと母の最期は幸せだっただろう。母の死に顔はまるで微笑んでいるようで穏やかだった。新井は尾島武男の死に顔もそうだったのではないかと思っている。血のつながった家族かどうかなどは問題ではない。心のつながった家族に看取られることが幸せな死に方なのだろうと思う。新井は、宛先を尾島が住んでいた住所にして浩一宛の手紙を書いた。

人は人を意図せずに傷つけてしまうことがあります。それさえ弁えていれば、人が人を不幸にすることなんて、故意でもない限り絶対にありません。その点、実のお父さんを捨てたあなたの選択は正しかった。子どもを生き埋めにして何とも思わないような人間は捨てて当然です。だから、こう考えてください。あなたは尾島浩一という名前で生まれ育ったのです。尾島武男というお父さんの心を理解しているあなたは、これからあなた自身の幸せを求めるべきでしょう。それが、全力で守ってくれたお父さんへの恩返しになると思います。


書きながら、ふと津田治子という歌人を思い出した。

「なぁ、津田治子という人の歌に『現身の終の仕へと老父の……』という歌があったよな。下の句は何ていうんだっけ」

「『夜のしとねを敷きまゐらせつ』よ。こんなの知ってる人は司書といえども、そうはいないわよ。でも、なんで津田治子なの？」

「尾島浩一君宛に手紙を書いているんだけど、津田治子の歌を書けば、医者なんだからわかるかと思って」

「あなたって根っからの教師ね。調べて意味を考えなさいってこと？」

「うん。彼女は実の父のもとを離れて本名ではない人生を生きた人だからね。ちょっと状況は違うけど、浩一君の人生は彼女に重ねられると思うんだ」

確かに教師的かもしれない。だが、教師臭さはないはずだ。何より、学校を離れた自分という一人の人間が浩一という人間を思って書いているのだからと新井は思った。そして二首の歌を書き添えた。

現身の終の仕へと老父の夜のしとねを敷きまゐらせつ
病み崩《く》えし身の置処《おきど》なくふるさとを出でて来にけり老父を置きて　津田治子

手紙はまもなく受取人不在で戻ってくるだろうと思ったが、戻っては来なかった。手紙は次の住人に捨てられた可能性はある。しかし、浩一に届いているに違いない。新井はそう思った。

次の日曜日に、友人とフランス料理のフルコースを食べに行くのだと言って、妻は真珠のイヤリングとネックレスを身につけた。イヤリングの真珠はネックレスのそれと釣り合わないほど小さかったが、妻の、亡き義母と尾島への心尽くしのように思えた。そして胸元の真珠を愛おしそうに撫でながら、妻がつぶやいた。

「ねえ、この真珠とダイヤの部分をデザインした人が誰だか知ってる？」

アクセサリーのデザイナーなんて知るはずもない。だが、謎かけのように言ってから、妻は新井の顔を見た。

「あのね、お義父さんなの」

「え？」

「お義母さんが、そっと教えてくれたの。内緒よって」

「何で？　いつ？」

「あなたもお姉さんも知らないことを何で知ってるのかって？　お義母さんの看病をしているときに聞いたのよ」

嫁いだ姉二人は、遠いことを理由に来なかったので、母の看病は妻に任せきりだった。その時母は、勤めながら看病に明け暮れる妻への感謝の気持ちもあって、伝えたのだろう。そして打ち明ければ、嫁である新井の妻が必ず形見として大切にしてくれると思ったのかもしれない。

「だけど、それは父が亡くなってから買ったものだよ」

「既製のブローチに付いていたのが真珠一個とダイヤ二個だったから、ダイヤを一個足してもらったんですって。子どもが三人だからってお義父さんがデザインしたとおりに」

「そうか……知らなかった」

「だから、地味でも大切な宝物だったんだと思う。ブローチを身につけずに引き出しにしまっていたのは、そういうわけなの。あなたは、どうしてしまっておくんだろうって言ってたけど、謎が解けたでしょ？　浩一さんの謎解きも、これでおしまい」

本当にこの謎解きは終わりだ。浩一を生き埋めにした実の父親は、どうしているのかわからない。話に一切出てこなかった、実の母親はどうしたのかもわからない。だが、そんなことはどうでもいい。新井はもう詮索する必要はないと思った。浩一はきっと幸せになるだろう。根拠はないが、そんな気がした。父性を持った尾島と父性を求めた浩一親子の思い出は、今も真珠のイヤリングとネックレスの中にある。しかし、新井も尾島武男も、浩一の本当の名前や、生き埋めにした男が実の父親でなかったことを知らなかった。浩一が、本名も男の正体もまったく言わなかったからだ。

萌黄色の光

罪を記憶する医師

（一）

木々の間からこぼれる光はやわらかな葉の緑を透して、萌黄色に輝いていた。紺野夕紀は、この「萌黄色の光」のイメージに別の意味があることを、その時は知らなかった。ただ、大学のキャンパスの中にある庭園に来ると、ほっとする。芽吹いた木々を見ると、入学の緊張から解放されて自由だった。東京の新緑の時期は故郷の福島より早い。五月にもなると、萌黄色だった木々は緑の色を濃くして、翡翠やエメラルドを思わせる色に輝いている。その下で深く息を吸うと、生きているという実感が湧いた。池の辺に植えられた菖蒲や木賊《とくさ》に目を遣り、水面に浮かぶ睡蓮の若葉を眺めていると、対岸に置かれたベンチに、白衣を着た青年が横になっているのが見えた。白衣の下にはグレーのズボンが見える。仰向けに寝て顔を腕で覆っている。眠っているのだろうか。学生？　それとも講師？　気になったが、午後の講義があるので教室に向かった。

数学の講義だが、ゴールデンウィーク明けの今日からアシスタントが入るというので、学生はみんな興味津々だった。弓削助教授の後に続いて入ってきた青年を見て、夕紀ははっとした。グレーのズボンに白衣、ベンチで横になっていたあの青年だ。助教授が青年を紹介した。

「今日から一年間アシスタントをしてもらうことになった佐々木君です。彼は医学部の学生で、数学が抜群の成績なので、手伝ってもらうのですが、化学、物理のほか、英語などの語学も得意だから、その相談にも乗ってもらえると思います」

その横で、少し苦笑しながら青年が「佐々木です。よろしくお願いします」とだけ挨拶した。一般教養の講義だから、学部も年齢も様々だ。隣の夕紀よりは年上らしい女子学生が、友人らしい男子学生に聞いている。

「アシスタントって、希望すれば誰でもなれるの？」

「違うよ。大学内の成績の優秀な学生を選んで、助手をさせるんだよ。結構条件が厳しいけど、アシスタントに採用された学生には奨学金が与えられるんだって」

「ってことは、あの人成績優秀なんだ」

「ってことだろうね」

夕紀は改めて青年の顔を見た。凛々しい顔立ち。こんなに洗練された青年は会津高田にはいなかったなぁと思う。夕紀は初めて心が動くのを感じた。憧れ？　そんな気持ちなのじゃないかと思う。同じゼミの学生以外つきあいのない夕紀は、初めて学部以外の男性に出会って、心がときめいたのだ。

「あの人ね、いい匂いがするんだって」

女子学生の声が聞こえる。

――そんなばかな。光源氏じゃあるまいし。香水でもつけているんじゃないの？

匂宮のように……なんちゃって。

わからない人は佐々木君の説明を受けるようにという助教授の言葉に手を挙げた人がいるらしい。佐々木が傍を通り過ぎた。ふっといい匂いがした。残り香がまだ傍にある。何の匂いだろう？　森の中にあるような匂いだ。夕紀は故郷の森林を思い出した。滝川の流れの音が聞こえる。鳥の声が聞こえた。カッコウが鳴いている。ホトトギスが鳴いている。鳥たちが鳴く森林のイメージで癒される気分だった。それからは佐々木が近くに回って来ると胸がドキドキした。男の人を意識したことのなかった夕紀だった。が、その時以来、週一回の講義が待ち遠しくなった。しかし、次第に憂鬱になっていくのも感じていた。憧れの人にも埋めることのできない穴が開いていたのだ。

福島県大沼郡の会津高田から東京に出てきて、空にそびえ立つビル、ラッシュ時の電車、洒落た店舗、何を見てもうきうきとしていたが、一ヶ月も経たないうちに校舎のコンクリートの外壁とアルミサッシの窓に疲れを感じるようになってしまった。山が林が恋しい。しかし、自分が希望して東京の大学を受験したのだから、帰るわけにもいかない。あんなに息苦しさを感じていた家や両親が恋しい。私ってなんてわがまなんだろうと思う。

夕紀は養女だった。とは言っても伯母の家に養女に入ったのだから、他人の家に入ったのとは少し感じが違う。それでも、養親が腫れ物に触るように自分を扱うものだから、かえって窮屈で、自由がないように感じられた。実の親、つまり養親である伯母の妹夫婦の家には自由に行き来していたし、何の不自由もない生活をしていた。しかし、実の親の元で普通の暮らしをしている兄姉の姿を見ていると、無性に悲しくなることがあった。「伯母ちゃん家《ち》の子になるかい」と聞かれて、意味もわからないまま、うなずいたのは、六歳のときだった。お腹いっぱいお菓子が食べられる、それだけでうなずいた。だが、やはり実の両親兄姉の方がいい。夕紀のそんな気持ちを察してか、伯母夫婦は実の親兄姉を度々食事に招待した。豪勢な食事だ。そんなとき、兄姉は言う。

「夕紀ちゃんはいいよね。伯母ちゃんの家でいいもの食べていいもの着てられるんだから」

人のことだとそんなにも想像力がなくなるのかと思う。人の気も知らないで。いいものなんか食べられなくてもいい、いいものなんか着られなくてもいい、実の親の元で、兄姉と一緒に暮らしたかったと思った。生まれたときの名前、大石夕紀に戻りたいと思うこともあった。そういう思いを吹っ切りたい気持ちもあって、高校で十番以内に入ったら東京の大学に行かせてほしいと紺野の親に頼み込んだ。結果は十番以内に入れなかったが、養親は東京行きを認めてくれた。だから、思い通りだった、自由だったはずだった。それなのに人恋しい。

佐々木が横になっていた池の辺のベンチに坐っていると、そこからの眺めがいいことに気づいた。坐ると、ちょうどコンクリートの建物の大部分が見えなくなり、緑の空間が広がるのだ。寝転べば、きっと緑の空間だけになるだろう。池に張り出した楓の木が水面に映っている。ブナ、ナラ、ミズナラ、雄銀杏などが植えられている辺りは、それぞれが柔らかく新緑を主張していてほっとする。落葉を意識してか、間間に椿や山茶花、アオキ、キンモクセイなどが植えられてきれいに刈り込まれている。時折椿の葉が日の光を受けてまぶしいくらいに輝く。故郷の山々を思い出して、ぼんやり庭園の緑を眺めた。

——青竹色、緑青色、苔色、木賊色、青磁色ってところかな。昔の人は、緑をいろいろな言葉で表現していていいなぁ。何だか森の中にいる気分。森の匂い……

え?

体温のある匂いに気づいて目を上げると、佐々木が立っていた。驚いた夕紀に佐々木が声をかける。

「君、弓削助教授の数学に出ていますよね」

「あ、はい」

胸がドキドキする
――なんでここに？　そうか、ここは彼の指定席だったのか。

「ここに坐ってもいいですか？」

うなずいて立ち上がろうとすると、彼が言った。

「いいですよ。そのままでいてください」

「でも、いつもここに坐っていらっしゃるんじゃないんですか」

「そんなことありません。どうぞ、そのまま」

そっと席を空けると、少し離れて佐々木が坐った
「君、いつもここに来ていますよね？　どうしてですか？　友達がいないんですか？

あ、失礼。いきなりごめんなさい」

「いえ。あの、ここの緑が好きなんです。なんか故郷を思い出すので」

「故郷……。いいですね。私には故郷がありません」

「ないんですか？」

「生まれたところは違うんですが、ずっと東京暮らしですから、故郷と言える故郷がないんです」

ちょっと寂しそうな表情を浮かべ、そのまま佐々木は去って行った。何だったのだろう？　他の会話をする気はなかったの？　しかし、佐々木と話せたことで、夕紀は夢見心地のまま午後の講義に出た。だが、講義が終わると同時に一人の女子学生が傍に来た。

「あなた、人の恋人を奪う気？」

驚く夕紀に向かってその学生は、佐々木には許嫁がいる、人の恋人を奪うのはやめなさいと忠告して帰って行った。

――許嫁？　恋人？　奪う？　あの人誰？

茫然としている夕紀に同じゼミの先輩が教えてくれた。さっきの学生は佐々木に恋をしたが、許嫁がいると知って諦めて以来、佐々木に近づく女子に忠告して回っているのだという。傍で聞いていた学生がにやにや笑いながら、教えてくれた。

「君もやられたんだね。あれは永井の局と言ってね。学内では有名なんだ」

「つぼね？」

「そう、いつまで経っても彼を諦めきれずに年下の女の子をいびる奴さ」

さらに、その学生は続けた。忠告と言えば聞こえがいいが、そうではない。もし、許嫁との仲が破局したら自分が名乗り出るという魂胆なのだと。しかし、夕紀は男女の三角関係には興味がなかった。夏目漱石の『心《こころ》』を読んで以来、自分がそういう立場になったら、さっと身を引こうと考えていた。だから、その時もそうしようと考えた。

——だけど何？　私、話をしただけじゃない。それで恋人を奪うの何のって言われたくない。

むっとした。

不愉快な思いをさせられたのが逆に薬になって、憂鬱な気分は吹き飛んでしまった。講義以外に佐々木と出会うこともないまま、長い夏休みに入った。夕紀は、養家には帰らなかった。学費や生活費を稼ぐため、アルバイトが忙しかったし、福祉関係のサークルにも入ったからだ。先輩に追いつかなければと思って、点訳や手話を覚えることに熱中した。だが、東京の夏は暑い。一通り点訳を終えて緑が恋しくなったので、あのベンチに坐ってぼんやりしていた。濃緑の葉が暑い匂いを発散している。汗がだらだらと流れる。ペットボトルのコーラを一気に飲み干した。だめだ、もう一本買ってこようと立ち上がりかけたとき、声がした。

「君、故郷には帰らなかったんですか？」

佐々木だった。

「あ、いいえ、あの、アルバイトとサークルが忙しいので。あの、お盆には帰る予定です」

——やだ、私、何でどぎまぎしてるんだろう？

「サークルは、何に入っているんですか？」

「DM2です」

「ディーエム2？　何ですか、それ。まさかダイレクトメールじゃありませんよね？　聞いたことがないサークルですね」

「誰かの目になろう、耳になろうという意味です。誰かの頭文字を取ってD、目、耳の頭文字を取ってM2です」

佐々木が笑い出した。

――私だって変な名称だって思ってるんだから、笑わないでよ。

夕紀はもう、汗びっしょりだった。喉がカラカラだ。その表情を見て気づいたのか、佐々木が手に持っていたペットボトルを差し出した。受け取りかねていると、佐々木がふっと真面目な顔をした。

「大丈夫。毒は入っていません」

「いえ、あの」

「ああ、飲みかけじゃありません」

からかわれているのだと思って、夕紀は真っ赤になった。思わず拒否しようとしたが、勝手に手が動いて受け取ってしまった。しかし、冷たくて気持ちがいいので、そのまま飲まずにいた。今日は、蝉が鳴いてうるさいくらいだ。

〈飲まない　の　ですか?〉

――え?

戸惑っている夕紀の目の前に、佐々木は四本の指を曲げ、人差し指の腹を見せて突き出した。そして何度か指を動かした。それから五本の指を広げて何かを掴むように下に向け、左右に二度ほどずらした。

――どこですか？

佐々木は、ゆっくりとくり返した。

〈君　の　ふる　さ　と　は　どこ　ですか？〉

――え？　やだ、この人、手話で話してる。そうか、お医者さんの卵だもの、手話ができて当然よね。

医師だからといって手話ができるわけではないが、夕紀は妙な納得をして覚えたての手話で答えた。しかし、自己紹介で覚えたはずの「福島県」の「県」ができない。こういうときは、単語で話すしかないと思った。

〈福　島　けん　大　沼　郡　の　あ　い　づ　た　か　だ　です〉

「ちゃんと手話ができましたね。その調子ですよ」

そのまま佐々木は去って行った。夕紀は、子ども扱いされたような気がして、むっとしたが、それを告げる間もなかった。あの許嫁という話も問い質したかったと気づいたのは、しばらくしてからだった。だが、付き合ってもいないのに「許嫁がいるの?」とは聞きようがないのも事実だった。

次に佐々木に会ったのは、夏休み明けだった。後期が始まってから、佐々木は講義のアシスタントとしての仕事はこなすが、夕紀に対してどこかよそよそしい。理由はわからないが、関心がなくなったのだろうと思った。しかし、夕紀がベンチに坐っているのに気づいて、急に向きを変えて行ってしまうのを見ると、むっとした。それからはベンチに坐らないようにした。

——いいわよ。あんたなんか何とも思ってないから。

夕紀は校門に近い所の欅を見上げた。もう色づき始めている。人にはわからない、欅の色の変化を感じ取っていた。夕紀は欅が好きだ。芽吹く頃から、その時々に変化する枝葉の色は美しい。裸木になった姿も神々しいのだ。

——佐々木なんて何よ。私は私の道を行くんだから。

（二）

佐々木との接触もないまま冬になり、次の春を迎えた。同じゼミの学生から合コンに誘われたが、一、二度断った。そんな気がなかったから。しかし、お高くとまってると言われると、断ってばかりもいられなかった。社会人は入っていないからと言われて承諾した合コンは、同じ大学の男三人女三人の参加だった。こぢんまりとした合コンで、お互いの距離が近い。男は経済学部四年の椎名、町田、文学部二年の沢入。女は教育学部三年の高崎、文学部二年の飯村、そして夕紀。簡単な自己紹介の後、沈黙が流れた。ちょっと気まずい。それに何となく品定めをされているようで気持ち悪かった。話は思いがけず佐々木の近況になった。椎名が言う。

「医学部の佐々木さんさ、アシスタントは去年で終わりらしいよ」

「どうして？」

「もともと三年までという約束だったらしいけど、医学の勉強が忙しくてさ、大変らしいよ。それに救急救命センターの実習にも入るらしいから」

「そうよね。お医者さんになるって大変よね」

町田が言う。

「大変でも後でがっぽり儲けるんだからしょうがないんじゃないの」

夕紀は町田の薄笑いに嫌悪を感じた。

——こいつサイテー。

さらに椎名が言う。

「それにさ、許嫁ともうまくいってないんだって」

椎名と高崎がちらっと夕紀を見た。

——私、意識されてる？

高崎が聞いた。

「ねえねえ、どうしてわかるの？」

「医学部の先輩に聞いたんだけどさ、佐々木さんが浮気してるって誰かが告げ口したらしい」

飯村が不機嫌そうに言った。

「ねえ、何で今そんな話をするんですか？　週刊誌的な話で合コンをだめにする気？」

「そんなんじゃねえよ。紺野さんがさ、興味があるんじゃないかって気を遣ってんだろ」

沢入がむっとしながら言った。その言葉に夕紀はむっとした。

「どういう意味ですか？　私と佐々木さんとどういう関係があるんです？」

「佐々木さんに夢中になってるって噂だからさ、許嫁のいる人じゃなく、おれたちの一人と付き合わないかって言ってるんだよ」

夕紀は席を立った。

「不愉快です。私は佐々木さんとは何の関係もありません。帰ります」

その背中に沢入が言葉を浴びせた。

「ベンチで誰にも聞かれないように手話で話をしていたっていうじゃないか。とぼけんなよ。それで佐々木さんが窮地に立たされてんだよ。悪いことしたって気持ちはないのかよ。おれたちと付き合えば、佐々木さんとは関係ないってみんな思うだろ？」

「そうですか。それなら今度は二股かけてるって思われるかもしれないじゃありませんか？　勝手に人の心を決めつけないでください」

そのまま夕紀は帰った。手話で話していたことを、誰かに見られて誤解されたのだと思うと悔しかった。だが、それよりも佐々木に迷惑をかけてしまったことが悔やまれた。だが、謝る機会もなく夏を迎えた。

専門の講義が多くなると、気持ちの上でゆとりがなくなってきた。毎日の講義で精一杯。たまにはウィンドウショッピングでもと思って渋谷に行ったが、当てもなく歩いて疲れた頭を休ませたかったので青山通りを歩いた。気づくと目の前に東京メトロの入り口が見える。吸い込まれるように入り、銀座線に乗った。銀座までと思ったが乗り過ごした。どうせなら上野にと思って降り、アメヤ横丁を歩いたが、気持ちは福島に向いているのに気づいてＪＲ上野駅の中央改札口に向かった。こんな気持ちを石川啄木も味わったんだろうなと思う。帰りたいけど帰れない。びゅうプラザの横で行き来する人の群れを見ていると、改札口から出てくる見覚えのある男性がいる。佐々木だった。どこに行くのだろう。佐々木は夕紀に気づかずに横を通り過ぎて東京メトロの方に行く。だが、階段を下りかけて戻ってきた。そのまま不忍口を通り過ぎ、公園の方に行く。西洋美術館に行くのかと思ったが、そこも通り過ぎ、右に曲がって国立博物館に向かった。何か特別展でもやっているのだろうかと後を追った。だが、そこにも寄らずに左に折れ、そのとき、ちらっと佐々木が夕紀の方を見た。思わず顔を伏せたが、気づかなかったようだ。見失ったと思って目を遣ると、博物館に向かって道を渡る人の群れに、佐々木の姿はなかった。駅に引き返そうとすると、噴水池のところに彼はいた。佐々木はベンチに坐り、池をぼうっと眺めていた。近寄りにくい雰囲気に夕紀は佐々木の苦悩を感じた。しかし、謝らなければ。

近づいても気づかないようなので、夕紀はそっと声をかけた。

「あの、ここに坐ってもよろしいでしょうか？」

見上げた佐々木が驚いた表情をした。

「どうして？　どうしてここにいるんですか？」

「博物館に行こうとしていたら、偶然見かけたのです」

夕紀は嘘をついたが、気づかないのか黙って佐々木が席の横を指さした。夕紀が坐ると、佐々木は話を切り出した。

「よかった。君に謝りたいと思っていたんです」

「私こそ」

佐々木は夕紀の顔を見ずにそのまま話を続けた。

「あの夏の日、私が君に手話で話しかけなければ、君を変な噂に巻き込むことはなかっただろうと思うと、申し訳ない気持ちでした。君は何も悪くない。それなのに私の配慮が足りなかった。だから謝りたいのです。許してください」

「私こそ、もっと慎重にすべきでした。申し訳ありません」

そのまま二人は黙ってしまった。心の整理がつくまで時間が必要だった。見るともなく池を見て、二人はほぼ同時にため息を吐いた。話を切り出したのは夕紀だった。

「許嫁の方とうまくいかなくなったって聞きましたけど」

「ええ、そうなりました」

「私のせいですか？」

「いえ、そうではありません。彼女が噂を信じて私を信じなかったのが悪いのです。……実は、私はもともと彼女を結婚の相手として見られなかったのです。でも父の言う通りにしなくてはと思っていたものですから、私も悪かったと思っています」

大きく息を吐いて佐々木が話題を変えた。

「私の故郷には山や川があって、自然に恵まれているのです」

――去年は故郷がないって言わなかった？

「ええ、故郷はないって言いましたけど……」

――この人、何で私の心がわかるの？

「何でわかるかですか？　顔に書いてありますよ」

夕紀は思わず両手で顔を覆った。そしてその手を下にずらすと、じっと佐々木を見つめた。

「故郷はいいですよね。ごめんなさい。こんなことを話してしまって。忘れてください。実は、家を出てアパートを借りています」

——アパートに行こうってこと?

「誤解しないでください。この辺でまた会うことがあるかもしれませんと言ったつもりです」

そのまま別れて帰ったが、何となく気になって、同じ曜日に上野駅に行くようになってしまった。そして再び佐々木の姿を捉えた。後を付けていくと、今日はまっすぐ東京メトロの改札口に向かった。日比谷線に乗り、降りたのは入谷だった。佐々木は気づいていない。躊躇せずに幾つか路地を曲がった辺りの古いアパートの中に入って行った。それでどうしたかったのだろうと考えて、夕紀は訪問する気もない自分に気づいた。帰りのバスの中で、何となく疲労を感じた。


翌年、夕紀は、あのアパートの前に立っていた。そっと郵便受けを見ると、308号室に佐々木の名前があった。階段を上がり、部屋の前で一呼吸すると、インターホンを押した。「はい」という声がして、ドアを開けたのは佐々木だった。驚いた表情をして、ちらっと部屋の奥を見た。

――誰かいる？　女の人？

「どうして、どうしてここがわかったのですか？」

「お邪魔でしたか？　すみません、帰ります」

奥の方から、男の声がした。

「お客さんかい？　じゃぁ、俺、帰るから」

「いいんだよ。お父さん。待ってて。ちょっと外で話をするから」

――お父さん？

佐々木に促されて外に出ると、喫茶店に誘われた。どうしてあそこがわかったのかと聞かれて、夕紀は正直に後を付けたと話した。なぜ？　気になったから。なぜ気になったのか？　わからない。

「君、もっと慎重にすべきですよ。私は男です。いつ豹変するかわからないんです」

「豹変しないと思ったので」

佐々木は呆れたという表情をした。構わず、夕紀は続けた。

「やっぱり私のせいですか？」

「何がです？」

「だって、お父さんがいらしてるじゃありませんか。お話し合いなのでしょう？　それなら直にお会いして何でもないことをお伝えします」

「あれは私の実の父です。私は養子なのです。養子になってから養親に実の子つまり妹が生まれたのですが、許嫁というのはこの妹です。血がつながっていないとはいっても、長い間兄妹として育ったので、とても妻にする気は起きません。でも、養父母は私たちの結婚を願い、それを聞かされてきた妹も当然そうなるものと思い込んだのです。私は考えた末に、妹にそう伝えました。その時あの噂が妹の耳に入ったのです。許さないとたいそうな剣幕で、養父母も怒りました。その後、妹は私への当てつけのように医学部の学生……二年後輩ですが、その人と交際するようになったのです。私は養家を出ました」

夕紀は何と言っていいかわからなかった。

——やっぱり私のせいじゃない。

「だからと言ってあなたのせいじゃありません。私は養父母の考えが読めましたし、このままじゃいけないとも思っていたのです」

――今「あなた」って言った？　「君」じゃなくて？

「実父は母親を早くに亡くした私を不憫に思って養子に出したのですが、最近弱ってきました。明日病院に連れて行って検査を受けさせようと思ったのです」

「でも、さっき帰るって」

「検査を嫌がって、何かに託けて帰る気なのです」

夕紀は佐々木の状況も思惑も考えずに行動してしまったことを恥じた。謝って帰ろうとすると、佐々木が言った。

「君、君も養子いや養女なのではありませんか？」

驚く夕紀に佐々木は言った。

「やはりそうですか。何となくそう感じたのです。境遇の似ている人には共通の匂いがあると言いますからね。よかったら、また訪ねてきてください。日曜日はいますから」

「あなた」と言われて、大人の女性扱いされた気分になり、調子に乗ってみれば、また後輩扱いされて「君」に戻っていた。だが、また来てくださいと言われたことがうれしかった。このとき夕紀は、佐々木の実の父親との、不思議な縁ができたことには気づいていなかった。

（三）

就職活動に入ると、入谷を訪れる余裕はなかった。しかもゼミの教授に呼び出されて、卒業論文を何にする気かと尋ねられた。「四年になってからでは遅いのですよ」と言われてはっとした。思わず、「漱石にします」と言ってしまったが、教授は困ったような表情をした。

「君、漱石は評論を書く人が多くて、もう語り尽くされたような感があります。それに、そういう評論を読み尽くしてあなたなりの論を展開しなければならないのですよ。できますか？」

夕紀はうなだれてしまった。何という甘さだろうか。それを見て教授が言った。

「まあ、もう少し考えてみてください。……話は変わりますけど、君は医学部の佐々木君と付き合っているのですか？」

「そんなこと、そんなことありません」

「それならいいのですが、教授会でも噂が広まっていてね、君が許嫁との間を裂いて両親との仲も裂いたと言われているのですよ」

「そんなことありません」

言い切ってから、夕紀の目に涙があふれた。

「手話をしていたところを見られて、秘密の話をしていると誤解されたのです。話していたのは、故郷のことでした。ですから、佐々木さんにもお会いして謝りました。そしたら君のせいじゃないっておっしゃって」

「君ね、そういうときは『君のせいじゃない』って言うものですよ」

さらにダメージを与えるような言葉を言う。それに気づいたのか、ふっと黙った教授が話を始めた。

「これから言うことは聞き流してください。彼は将来を嘱望されていたのですが、許嫁を振ったものですから、彼女は他の医学生と交際を始めたのです。眼科医希望の青年です。実家が眼科医院ですから、それを考えたのでしょう。それで佐々木君はもう少し勉強したいと言って、別の科に移ったのです。だから、まだ大学病院にいますよ」

教授の真意がわからなかった。すると、教授は苛立ったように言った。

「君、これは小説じゃないんです。僕は過去に好きな人を諦めたことがあります。彼女に好きな相手がいるという噂でしたから、彼女に確かめもせずに離れたのです。彼女はその後、大学をやめて故郷に帰ってしまいました。あなたが好きだったのにという手紙を残して。そこに彼女の転居先は書いてありませんでした。おそらく実家へ帰ったのでしょうが、それを知る術もありません。僕は自分の思い込みから、大学を卒業して華やかに就職したかもしれない、彼女の人生を変えてしまいました。後悔するからこそ君に後悔してほしくないのです。もし君に少しでもその気があるなら、佐々木君に会いに行きなさい。そしてこれまでのぎくしゃくした関係に終止符を打ちなさい。これから君たちがどういう関係を築くのかはわかりません。でも、このままではいけないのはわかり切っています」

翌日夕紀は医学部の門をくぐった。文学部とは敷地が違うので、入ったのはこの時が最初だった。付属病院の待合室をうろうろしていると、通りかかった看護師が「佐々木先生は今日はお休みですよ」と言った。看護師にまで噂が広まっているのかと思い黙礼して、帰ろうとすると、彼女が追ってきた。

「休診ですけど、ご自宅にはいらっしゃいます。まもなく宇都宮に向かわれると思いますから、上野駅にいらっしゃれば会えますよ」

驚いて見る夕紀に、彼女はうなずいて見せた。

「早く」

ただならぬ様子を感じた夕紀は黙礼をして上野に向かった。ちょうど佐々木がメトロの改札口から出てくるところだった。佐々木は驚いたが夕紀に会釈して、そのまま宇都宮線に向かおうとした。

「待ってください。何があったんですか？」

「君、今日は空いてますか？」

「はい」

「じゃ、一緒に来てくれますか？」

夕紀は切符を買い、そのまま電車に乗った。

――また誤解されるだろうな。誤解？　これは、きっと自分の望みだ。

電車の中で、佐々木は事情を話してくれた。この前の検査でガンの疑いと言われた実父は、栃木県立がんセンターに精密検査に行ったが、まだはっきり診断がつかないほど小さいので一ヶ月後にと言われた。それにも関わらず、予約の日時に父は行かなかった。父はそれを隠して佐々木に、ガンじゃなかったと伝えた。安心していた佐々木だが、通常ガンではないと診断しても、念のため三ヶ月後に検査をするはずだと思ってがんセンターに連絡し、初めて検査を受けていないことがわかった。センターには「息子の紹介で東京の病院に入ることになったから」とキャンセルしていたのだ。あれから四ヶ月。佐々木は焦って父に電話したが出ない。大家に連絡を入れると、勤めも辞め、たまに見かけると、げっそり痩せていると言う。家賃の支払いや公共料金などは口座から引き落とされるので問題はないが、一度来てみてくれないかと言う。

「私がもっと早く行ってやればよかったのです。新しい科の勉強と診察に時間を取られていたものですから。もしかしたら症状が進んでいるのではないかと」

無言のまま宇都宮駅に降りた。タクシーに乗ると佐々木の父のアパートに向かった。

アパートに入ると、佐々木はすぐに飛び出してきた。

「君、運転できますか?」

「はい」

佐々木はキーを渡しながら言った。

「じゃ、そこにある白の軽自動車のエンジンをかけてください。今、父を運んできます」

——運んで? お父さんを? そんなに急いで?

何事かと出てきた大家に佐々木が言った。

「すみません。昨日お話しした息子です。今日父を連れて帰りますが、後のことはちゃんとしますので、ご心配なく。ご連絡はここに」

言いながら佐々木は名刺を渡した。そして部屋に戻り、父親を抱いてきた。骨と皮ばかりに痩せた男は佐々木の腕の中で、顔をくしゃくしゃにして泣いていた。夕紀は人間は痩せるとこんなにも小さくなるものかと驚いた。

大学病院に翌日入院させ検査を受けさせたが、父親はすでに末期ガンの様相を呈していた。検査結果が出た夜、看護師は廊下で言い争う佐々木と担当医の声を聞いた。

「新薬は投与できないのか」

「あれは治験が済んでいない」

「治験なんかどうでもいい。投与してくれないか」

「どうでもいいとは何だ。自分の父親だろう。すぐ死んでもいいのか？　まず比較的体力のある患者に承諾を得てから治験を始める。それはわかってるだろう？　治験の済んでいない薬を、末期の患者に投与するなんて僕はできない」

「どっちみちここまで進んでいるのだから、投与してもしなくても同じだろう。それなら賭けてみたいんだ」

「なら、自分でやれ。僕は知らない」

その後、深夜の待合室で佐々木は一人で泣いていた。結局新薬の投与はできなかったのだ。

あの宇都宮の日以来、佐々木から何の連絡もないので夕紀は、入谷のアパートを訪ねた。インターホンを鳴らしたが、不在だった。帰ろうとして、あの白い軽自動車がアパート前の駐車場にあるのに気づいた。父親の車は、近くの駐車場を借りて置いておくと言ったはずだ。ここにあるということは、佐々木が運転したということかもしれない。夕紀は戻って、もう一度インターホンを鳴らした。すると、佐々木がドアを開けた。

「あ、この間はお世話になりました。何もお構いできませんが、ちょっと中で待っていていただけますか？　お礼に夕食をごちそうしましょう」

声の調子は金属質で、よそよそしかった。

――親しくなりそうになると、さっとよそよそしくなる。この人って変。

夕紀が部屋に入ると、椅子を持って来て坐らせ、そのまま忙しそうに隣の部屋に行った。がさごそと音がしたかと思うと、何かが崩れる音がして、佐々木が「わっ！」と声を上げた。そして襖が外れそうになって倒れかけている佐々木の姿が見えた。夕紀は思わず立ち上がって、反対側の襖を開けた。「だめ！」と言う佐々木の声と同時に、段ボール箱などが夕紀のいる部屋まで崩れてきた。今度は夕紀が「わっ！」と声を上げて言った。

「これ、どうしたんですか？」

髪を乱した佐々木が答えた。

「父の荷物を引き取ってきたのです。片付けが下手で、この有様です。ごめんなさい」

「お父さんの荷物って」

「たぶん、もう長くはないでしょう。だから、アパートを引き払って転出届も出しました。このアパートに転入ということにしたのです。父が私を養子に出した、この東京で最期を迎えさせたかったので」

「何を探しているんですか？」

「スポーツタオルです」

「スポーツタオル？」

「ええ、父が大切にしているタオルです。コバルトブルーの地に緑と赤茶と白の縞模様が入った」

夕紀は崩れてきた荷物を黙って開け始めた。佐々木も黙って探し始めた。スポーツタオルを見つけたのは、佐々木だった。さらに何か小さな箱を見つけた佐々木は、手に持ったそれを開けたまま、じっと見つめて動かなかった。ちらっと見えるのは、真珠のセットらしかった。添えられた手紙を見て泣いている？

――お母さんの形見かしら。

夕紀はそっと帰った。帰りながら、二、三日中に病院にお見舞いに行こうと思った。

夕紀が花束を持って病院に行くと、以前に会った看護師が目ざとく見つけて近づいてきた。

「佐々木先生のお父様の病室は、北棟の517号室ですよ」

夕紀はちょっと面倒だなと思った。こちらが知らないのに、相手がすべて知っているかのような口ぶりなのが嫌だった。

「どうして私のことをご存じなのですか？」

「あ、申し遅れました。私は井口です」

そう言いながらネームプレートを見せた。

「あの、佐々木先生と紺野さんのお噂は病院内でも広まっておりまして、でも、私は佐々木先生のお気持ちが大切だと思っているのです。文学部と経済学部の集合写真が手に入りましたので、お見せしましたら、紺野さんのところで、さっと顔を赤らめたのです。それでわかりました。ですから私はお二人を応援しますよ」

どこまでが本当かわからない。しかし、この人は信じていいような気がした。

病室に入ると、四人部屋の患者が一斉に夕紀を見た。窓際の、痩せ細った佐々木の父が微笑んだ。

「やあ、いらっしゃい。この間はお世話になりました」

枕元にはあの小さな箱とスポーツタオルがあった。このタオルにどんな意味があるのだろうと思ったが、聞くのは憚られた。

「いいえ、そんな。今日はご気分がいいのですか?」

「そうですね。いいっちゃ、いいかもしれません」

花束を差し出すと、花瓶がないと言って困った表情をした。すると、隣から、これを使っていいよと花瓶が差し出された。困ったときは患者同士が助け合う。そんなことが当たり前のようにできるのだと夕紀は感じた。花を生けると、あまり話題もないので帰った。また来てくださいという佐々木の父の声に送られて。

次に行ったときは、四人部屋にいなかった。個室に移されたという。恐る恐る行ってみると、前より更に痩せた佐々木の父が眠っていた。佐々木がいきなり入ってきて、驚いた表情を見せた。そして面会や談話に使うデイルームに誘った。だが、他にも大勢いたので、また個室に戻った。

「もう手遅れで、後は死を待つだけなんです」

「そんなこと話しても大丈夫なんですか?」

「今は、薬で眠っていますから、大丈夫です。もう覚悟をしなければと思っているのですが、後悔することばかりです。どうして養子に行かないと強く言わなかったのだろう。どうしてもっと早く病状に気づいてやれなかったのだろう。父には眼科医と告げてありましたので、別の科に移ったと知られたくなかったということもあって、栃木の公立病院にアルバイトに行っても寄らなかった。そんなことを気にしていたから、父の病気に気づく機会を逃がしてしまったのだと」

彼は泣かなかった。ただ、憔悴した表情が痛々しかった。夕紀は今度来るときはデジタルカメラを持って来ようと思った。遺影にする写真を撮っていなかったと後悔しないように。

デジカメを持って個室に向かうと、佐々木が来て父親と話をしていた。二人ににっこりとされると、気恥ずかしい思いがしてうつむいてしまった。

「そうだ。写真撮ってもらおう。ね、お父さん」

「そうだなぁ。記念にな」

もう死期を悟っているような感じだった。カメラを借りてくると言って部屋を出て行きそうな佐々木に、夕紀はカメラを差し出した。夕紀の思いがわかったのか、また二人が微笑んだ。そして佐々木に抱き起こされた父親が息子の腕をしっかり掴んで微笑んだ。もう、一人では起き上がれないのだろう。佐々木は辛そうな表情をしている。

夕紀は故意に明るく言った。

「佐々木さん、笑って、笑って」

無理に笑顔を作る佐々木。その瞬間をカメラに収めた。アップにして父親のところだけを切り取ったとしても、遺影にするには痛々し過ぎた。

次に行ったときが最後だった。夕紀の姿を見つけた看護師の井口が、早く早くと急かした。個室では、椅子に坐った佐々木が父親の手を握り、医師と看護師が立って見つめていた。夕紀が入ったとき、父親がゆっくりと目を開けた。そして夕紀を見つめると、微かな声で言った。

「紺野さん、浩一を頼みます。浩一、ありがとう」

そして佐々木浩一の実の父、尾島武男が死んだ。このとき夕紀は、尾島でさえも養父だということを知らなかった。

（四）

　葬儀は佐々木浩一と夕紀の二人で、近くの寺で執り行った。不思議なことに遺骨のない白木の位牌だけの葬儀。四十九日の法要で位牌は黒塗りになったが、やはり遺骨がない。佐々木はぽつんと言った。

「萌黄色の光が見えるのです」

「え？」

「父の遺体を見に行くと、決まって萌黄色の光が見えるのです」

「どういうこと？」

　うつむいたまま佐々木が答えた。

「献体をしたのです」

「え？　ケンタイ？」

「父の最期を、この大学病院で看取らせてもらう代わりに、遺体を大学に託したのです。医学生が解剖実習できるように。いえ、それは僕の独断ではなく、父の遺志でもありました」

夕紀は驚きのあまり言葉をなくした。

「月に二回は父に会いに行くのですが、その時父の体が萌黄色の光を発するのです」

夕紀は佐々木がおかしくなってしまったのかと思った。遺体に会いに行く？　萌黄色の光を発する？

「献体された体は、ホルマリンに漬けられているのですが、その全裸の遺体が光って僕に囁くのです。やあ、また来てくれたねと。もちろん他の遺体全部が光り囁くわけではないのです。父の遺体だけです。僕は父を見捨ててしまったと思うのですが、父は笑ってくれます。遺体はホルマリンの海の中で解剖の日を待つのです。解剖を終えた遺体は、合同葬で手厚く葬ってもらえます。その日まで、僕は父に何度も会いに行けるのが幸せです。それで罪の償いができるのではないかと」

何を罪というのか。夕紀は聞かずにはいられなかった。

「佐々木さんの罪って何なんですか？　養子に行ったのはお父さんの願いだったのでしょう？　お父さんの病気に気づかなかったのは、罪と言えるのでしょうか？」

「そうじゃないんです。僕は僕に関わる人を不幸にしてしまう。生きているだけで、誰かを不幸にするのです。父は、僕の父親となったために不幸になってしまった」

「佐々木さんが生きていたからこそ、お父さんは幸せだったのではありませんか？」

「そうじゃないんです。僕にはあなたに言えない秘密があるのです。だから、あなたを近づけたくなかった。僕はあなたを不幸にするのが怖かったのです。あなたを不幸にしたくはなかった」

――これは告白？　私が好きだったから、近づかないように距離を置いた？

本当に愛の告白だったとしても、素直に喜べない。佐々木の言っている秘密とは何か？　夕紀にはわからなかった。

夕紀は漱石の『心』を思った。「先生」の罪とは何だったのか。友人を自分の裏切りによって、自死という形で死なせてしまったこと？　同時にJ・コンラッドの『ロード・ジム』を思っていた。航海士のジムは自分から望んで乗船客を見捨てたわけではなかったし、嵐に軋む老朽船から脱出したのは、自分の意志ではなかった。船長も航海士も船を下りたのに、それでも客は一人も死ななかった。結果論だとしても、ジムに残りの人生を捨てなければならないような罪があっただろうか？　しかし、「先生」もジムも世間から身を隠した。あるとすれば、モラルの問題だけだと思う。今、誠実そうな佐々木に何の罪があると言うのだろうか。それは一人の人間が自分の心に抱え込むもので、他人があなたに罪はないと言っても、簡単に受け入れられるものではないのかもしれない。初めて「僕」と言い出した佐々木は、「私」で隠してきた本心を語っているのだろう。夕紀は、佐々木の今後が心配になってきた。

その心配は現実のものになった。夕紀は、ある日、萌黄色の光が西に向かって飛び去って行くのを見た。解剖が行われたのだろうと感じた。父尾島の解剖の日、佐々木は立ち会ったが、最後まで見ていられずに解剖室を出たという。そして献体者の合同葬の後、佐々木は大学病院を辞め、夕紀に何の連絡もせずに入谷のアパートを引き払ってどこかへ行ってしまった。知らずにアパートを訪れると、大家だと言う人が、話しかけて来た。

「あんた、何度か来た人だね。実はねぇ、手紙を預かってるんだよ。前の住所から転送されてきたんだけど、本人が引っ越した後だからさ、どうしようかと思ってたんだ。あんた、預かってくれないかね」

受取人不在の手紙は、行き場をなくしてしまう。夕紀は、届けられるかどうかもわからないまま、手紙を預かった。だが、差出人である東京の新井に連絡を取ろうとは思わなかった。すべては佐々木の居場所がわかってからだと思っていた。

（五）

夕紀にとって不思議なことが二つあった。佐々木は母親の話を一切しなかったが、少しも記憶がないというのがおかしいし、尾島の遺品の中に母親、つまり尾島の妻の位牌がないというのも不思議だった。そして尾島がガンの精密検査を拒否した理由がわからなかった。ふとV・ユゴーの『レ・ミゼラブル』を思った。ジャン・ヴァルジャンは養女コゼットを育て上げ、彼女の結婚を見届けると、行方をくらまし、たった一人で死ぬ道を選んだ。気づいたコゼット夫婦に看取られたのはよかったと思うが、もしも佐々木の実父尾島がコゼットの養父ジャン・ヴァルジャンのように考えていたとしたら……。

――もしかして治療を拒否したのは私のせい？　息子に伴侶ができたと考えたから？

そこまで考えて夕紀は思った。佐々木に聞いたら言うだろうな。「君のせいじゃない」って。

　卒業論文のタイトルが決まった。「文学に見られる罪の意識に関する考察」。報告すると、教授が驚いた。

「君、ずいぶん重いタイトルですね。外国文学で扱う罪なら、『罪と罰』とか『緋文字』とかありますけど、国文学とは離れてしまいますね。国文学との比較をするつもりですか。それにしても、その他に何か加えることはありませんか」

「先生、実は私は養女です。佐々木さんも養子だと言っていました。ですから、養子にしかわからない意識と言ったものを軸にして煮詰めたいのです。夏目漱石という作家も養子に出された経験があって作品を書いていますので、それが色濃く表れた『道草』や『心』を中心に外国の作品との相違点などを論じてみたいと思います」

「おもしろそうですね。そうですか、君も佐々木君も養子だったのですね。それは一般の人には考えられない視点ですよ。おやりなさい。アドバイスはいつでもしますよ」

　教授の許可を得て、夕紀は卒業論文に取りかかったが、一方就職活動もしなければならなかった。なかなか内定を得られないで焦るときは、卒論に没頭した。

卒論の合評会が無事に済んだ後、研究室にお礼に行くと、教授はにこやかに卒論の出来を褒めてくれた。

「あれは、よかったですよ。少し論の乱れはありましたけど、よい出来栄えでした。ところで君、佐々木君と連絡が取れましたか？」

「いいえ。手話をしていたことで、あのような噂になって迷惑だっただろうと思っています。あのことで彼が無理に私に付き合わされたのかもしれません。連絡なしにどこかへ行くほど嫌われているなら、私は追いかけません」

「君、文学部ですよね？」

今さら何を言うのかと思って黙っていると、教授が続けた。

「君、あなたたちが関心を持たれた理由がわかってますか？」

夕紀は教授の言う意図がわからなかった。

「君、彼が難聴だと言うことは知っていますよね？」

「はい。一年の秋頃に気づきました」

「難聴だけど、医学部に合格している」

「はい」

「どこかに障害を抱えている人が頑張っていれば、気になるものじゃありませんか？　事実医学部の教授たちは、彼の成長を楽しみにしていたんです。それは、他の学生にもわかる。だから君が彼に近づくことに敏感だったのです。そんな時に、手話を勉強している君の姿は、どう映るでしょう」

夕紀ははっとした。どうしてそこに気づかなかったのだろう。佐々木と付き合いたいために一生懸命手話を勉強している女。そういう風に見られていたのか。ただ手話の内容を知らない人の誤解だと思っていたが、やっと真相がわかった。その表情を見て教授が続けた。

「気づきましたか？　ところで、もしも彼が君を嫌っていたのなら、お父さんの葬儀にまで参列させたと思いますか？　連絡が取れないなら、仕方ありませんが、少し待ってみるのもいいのじゃありませんか？　彼は君が嫌いじゃないと思いますよ」

無事に卒業の日を迎えたが、内定は得られていなかった。

――自慢じゃないけど、成績はいいのよ。なんで受からないの？　なんちゃって。

教授に励まされて更に幾つもの履歴書を送ったが、面接まで通ったのは、栃木県下野市でミニコミ誌を出している小さな会社だった。宇都宮線の車窓から外を眺めていると、佐々木と一緒に尾島武男を迎えに行ったあの日のことが思い出された。きっとこれも運命なのだろう。自分はこの会社に採用される。そして、採用された。カメラを持ってあちこちを取材し、四年が過ぎたが、夕紀は恋をしなかった。この県内にいる限り、佐々木ときっと会える。そう信じていたから。

仕事にも余裕ができてきた頃から、佐々木探しを始めた。佐々木が言った言葉「栃木の公立病院にアルバイトに行って」が手がかりだった。大学病院を辞めたとしても、死ぬ気でもなければ、必ず勤めるはず。いきなり別の病院に就職をするのは難しいから、ともかく栃木の公立病院にだけは行っているだろうと思った。だが、公立病院と言っても数は多い。国立、県立、市町村立のすべてを探したつもりだが、行方はわからなかった。そもそも佐々木は眼科からどの科に移ったのだろう。それも確認していなかった。仕事の合間に病院に行っては探した。だが、見つからない。名前は佐々木浩一のはず。尾島に戻っている可能性も考えてみたが、父親が死んで戸籍は抹消されているだろうと思った。更に二年の歳月が流れ、諦めかけたとき、思いがけないところで情報を得た。

大学病院の小児内科を取材に行ったときのこと、難聴の子が取材に応じてくれた。補聴器を付けていなかったのにも関わらず、一生懸命話す子どもに、夕紀は手話で応じた。その瞬間、子どもの顔がぱっと明るくなった。そして、〈先生　みたい〉と話した。

〈先生って　誰?〉

〈時々　ここに　来て　くれる　先生〉

見ていた看護師が説明をしてくれた。

「月一回、ボランティアで、小児病棟にお医者さまが来てくださるのです。お土産を持ってきて、子どもたちに勉強を教えてくださるのです。必要なら、手話も筆談もするという感じで。大変助かっているのですよ」

「何というお名前ですか?」

「佐々木というお名前です」

夕紀は思わず、「ああ」と声を漏らした。

「ご存じでしたか？」

「ええ、同じ大学の出身です。小児科だったのですね」

「いいえ、違います」

「じゃ、内科？」

「いいえ、違いますよ。でも、私も本当のところ、ご専門を知らないのです。准教授がご存知のようですけど」

「その佐々木先生は、いついらっしゃるのですか？」

「お仕事のない日ですから、日曜日です。今度の日曜日にいらっしゃる予定です。お知らせしておきますか？」

「いいえ。驚かせたいので、内緒にしてください。それに別人だったら困りますから」

「そうですよね。それでは、いらしたときに、私にお声をかけてください。私、大里です」

夕紀は、小躍りする気分で帰宅した。胸がドキドキする。車を運転しながら、思わずハミングをしてしまった。今度会える、佐々木に会えると頭の中で何度も反芻した。

日曜日の朝は快晴で、気分がよかった。夕紀はいつものようにカメラを持って病院に行った。大里の名を告げると、連絡をしていたらしく、すぐ小児病棟に通された。案内された病室の前には、六、七人の子どもたちが中をのぞき込んでいた。その上から夕紀がのぞくと、佐々木がいた。

——本当だ。本物の佐々木浩一がいる。

室内の子どもたちにホワイトボードで何かを教えている。夕紀はカメラを構えてシャッターを切った。佐々木がちらっとこちらを見た。そして立ち上がって来ると、夕紀と認めて驚いた表情をしたので、夕紀の方から言った。

「どうして、どうしてここがわかったのですか？」

佐々木が笑った。

「先に言われちゃしょうがない。これが終わるまで待っていてくださいますか？」

「もちろんです。久しぶりですから、積もる話もあります」

だが、夕紀は待ってはいなかった。一緒になって子どもたちと触れ合った。終わる頃にはずいぶん体力も気力も消耗したはずなのに、疲れは感じられなかった。

病院の前にある喫茶店に入ると、二人は向かい合って坐り、お互いを見つめ合った。言葉はなかった。注文もしていないのに、コーヒーが二人分運ばれてきた。

――え？

「いつも帰りにここに寄るので、何も言わなくても出してくれるのです」

佐々木と夕紀がカウンターを見ると、マスターが片手を上げて応えた。それを見てから、佐々木が夕紀に顔を向けた。

「紺野さん、久しぶりですね」

「夕紀でいいです。黙っていなくなるんですもの、傷つくじゃないですか」

「ごめん。あのとき話したとおり、僕はあなたを……夕紀さんを不幸にしたくなかった」

「考えすぎです。自分のせいで人が不幸になるというのは、佐々木さんの自意識過剰なんじゃないですか？」

「そんな。夕紀さんは何も知らないから、そんなことが言えるんです。僕は今も悩んでいます。担当している一人の男性の話を聞きながら、自分の罪を感じるのです。だから、僕に深く関わらないで。夕紀さんは夕紀さんの幸せを見つけてほしい」

マスターがケーキを持ってきた。

「え？　頼んでないよ」

「お嬢さんには疲れ直しに甘いものが必要だよ。先生、女性の気持ちもわからないのかい」

そのままカウンターに戻っていく。佐々木と夕紀は顔を見合わせて笑った。

「マスター、ごちそうさまです」

「お代は取るよ。先生のおごりだ」

佐々木が声に出して笑った。ケーキを食べた後、夕紀は口の周りが気になって、化粧室に行った。その間にマスターが佐々木に近づいて言った。

「何かいわくがありそうだけどさ、あの女きついぞ」

「前はあんなに言う人じゃなかったんだけど」

「好きだったのかい？　わかった。返事はいいよ。顔見りゃわかる。尻に敷かれるかもしれないけど、やり直せるんじゃないか。いいか、向こうは『夕紀でいいです』って言ってるんだ。今度はこっちが『浩一でいいです』って言ってみろ」

戻ってきた夕紀を見て、マスターはケーキ皿を片付けに来たふりをした。知らない夕紀は、ごちそうさまと会釈して、佐々木に向かい合って彼の言葉を待った。

「ところで夕紀さん、今どこに住んでいるんですか？」

「私？　私は下野市に住んで、下野市に勤めています」

「市役所？」

「いいえ、ミニコミ誌の記者をしています。佐々木さんは？」

「浩一でいいです。僕は個人病院の医師をしています」

「公立病院に行ってるのではなかったんですね」

「三年前までは掛け持ちだったんですけど、辞めて個人病院一本にしたんです。宇都宮市内の病院ですけど。住んでいるのも宇都宮」

「これからどうやって帰るんですか？　車？」

「いや、電車です」

「じゃ、送ります」

「いいですよ。暗くなるから」

「もう！　人が送るって言ってるんだから、素直になりなさいよ。世の中、自分一人で生きてくわけにはいかないってわかってるでしょ。それとも、まだ一人で生きてく気？」

浩一は夕紀の剣幕に押されて送ってもらうことにした。金を払って出るとき、マスターが言った。

「人間、素直になることが必要だ。一人じゃ生きていけない。うん、その通り」

浩一と夕紀は思わず笑った。

宇都宮まで運転しながら、夕紀は浩一がいなくなってからのことを、いろいろと話した。浩一は、うん、うんと言いながら聞いている。残照が寂しげな浩一の顔を照らしている。まもなく辺りは闇に包まれた。浩一に言われるまま、道を曲がって進んでいくと、七階建てのマンションが見えてきた。

「買ったの？」

「いや。賃貸だよ。今勤めている病院が単身赴任の医師用に借りてるんだ」

――うん、これでいい。やっと親しくなれた感じ。敬語なしでいこうよ。

マンションの前で別れようとして、夕紀は道路を挟んだ向かいのアパートに気づいた。

「あのアパート」

「うん。父が住んでいたアパートだよ」

「だって病院の借り上げなんでしょ」

「うん。偶然そうなった。このマンションは後で建てられたものだけど、アパートはあのときのままなんだ。毎日、あの部屋を見ながら生活している。父があそこに住んでいるようで……」

浩一の傷はまだ癒えていないと夕紀は感じた。

帰りながら、夕紀は浩一が何科を担当しているのか気づいた。浩一と自分を応援すると言ってくれた看護師井口の、ネームプレートを思い出したのだ。あそこには「心療内科」と書いてあった。宇都宮市内の個人の精神病院なら、すぐ浩一の勤務先がわかる。どこの病院に勤めているか、浩一は言いたがらなかったが、夕紀は調べて、勤務先を知った。知ったからといってどうということはない。だが、知っていると知らないとでは心の安定度が違った。

一ヶ月後、あの喫茶店に行って、浩一を待った。今日も他の客はいない。店内から外を見ていたマスターが夕紀に「先生、来るよ」と知らせた。入ってきた浩一は驚いたが、期待通りだという様子も感じられた。夕紀は戯けて言った。

「先生、お迎えに上がりました」

「おいおい、お嬢さん。『浩一、迎えに来たぜ』と言うんじゃなかったのかい?」

「そんなぁ、そんなこと言ってませんからね」

三人で笑った。帰りに浩一を車で送り、電話番号を教え合った。携帯番号はまだだったが、それで充分だった。お互いを縛ることのないような配慮だ。浩一はまだ夕紀を不幸にするのではないかと心配しているのだろうが、今の夕紀にとっては、そういう気遣いによって、どこか疎遠な感じを持たせられることが不幸だった。しかし、浩一がすぐに以前と違う行動を取った。ドライブに誘ってきたのだ。夕紀はすぐに乗った。

浩一の家まで車で行き、そこから浩一の車で出かけることにした。行く先は彼にお任せ。だが、少し心配。いつもバスで通勤する浩一の運転の技術はどうなのか。

「ね、運転大丈夫？」

「心配なの？」

「だって、あまり運転しないんでしょ」

「うん。だけど大丈夫。もしもだめだったら、交代してもらうから」

簡単に言う浩一に、夕紀は笑うしかなかった。しかし、どこに行くのだろう。車は宇都宮インターから高速に入り、北に向かっている。黙っていると、浩一が言った。

「緑を見に行こうと思うんだ。心が辛いと思うとき、緑はいい。針葉樹じゃだめだ。落葉樹でないと。だから、羽鳥湖に行こう。ブナやナラが芽吹いてきれいだと思う」

——羽鳥湖？　まさか私の実家に行こうとは思ってないわよね？　いや、この人は羽鳥湖と会津高田の位置関係なんてわかってないいんじゃないかしら。

そんな夕紀の思いに気づかない浩一は、自分の心を解放することに専念しているようだった。栃木県内にも落葉樹林の美しいところはあるが、夕紀にとって、故郷福島の落葉樹林は特別に美しかった。木々が萌える。降り注ぐ光が周囲を萌黄色に染め上げている。

「お父さんの解剖の日ね、私、萌黄色の光が西の空に飛んでいくのを見たの」

「西の空に？」

「そう。お父さん、ありがとうって思ったのじゃないかしら。浩一、ありがとうって。お父さん、浩一さんと親子でよかったと思っていたと思う」

　木々の緑を仰ぎ見ていた浩一が、ふうっと息を吐いた。

「尾島武男は本当の父ではなかったんだ」

「え？」

「父は未婚だった。僕に実の母の記憶はない。実の父は僕の耳に障害を与えた。僕は実の父よりも守ってくれた養父を選んだんだ。だから、尾島武男は、自分を犠牲にしてまでも僕を守ってくれた。それに報いることなんて一生かけてもできるものじゃない。だけど、父が恩返しなんて望んでいなかったこともわかるんだ。だから、余計辛いんだよ」

夕紀は浩一の心を思って辛くなった。彼の苦悩の半分も自分にはわからないのかもしれない。

「でも、ありがとう。さっきの夕紀さんの言葉で、少し楽になった。父は、養護施設で育った経験があるので、子どもに優しいんだ。それを知ったのは、父が亡くなってからだけど。遺品の中に手紙があって、そこに書いてあった。だから、僕も病気の子どもたちに優しくしたいんだよ。実は、僕に手話を教えてくれたのは父なんだ。一生懸命覚えてきて、教えてくれたんだ。僕は、病気の子だけじゃなく、いろんな所に障害がある子にも優しくしたい。これは父の遺志だと思うから」

尾島の手紙は教師の新井に宛てたものだったが、浩一に宛てたものだろうと思った夕紀は、彼のボランティア活動の意味を理解した。自分もできる限り手伝おうと思う。

「それに、まだ夕紀さんに言っていないことがある。不幸にしたのは、尾島の父だけじゃない。それが僕の罪なんだ。それが償えない限り、僕は夕紀さんを幸せにできない」

「わからないけど、その人を浩一さんが不幸にしたって思ってるの？　浩一さんは、いつでも何でも自分の責任だと思うのかしら。世界の責任を自分一人で背負ってるつもり？　結局、人を頼りにしないで一人で生きてるのね」

「そんなことを言ってない。何もかもが自分の責任だと思ってるわけじゃないし、一人で生きていけないことはわかってる。だけど、自分が生きているために他の人を不幸にしていいということはないんだ」

夕紀はうんざりした。自分は人を不幸にしているという浩一の思い込みを排除したかった。

「じゃ、あなたの命はその人のための命なの？　その人を不幸にしないために自分が死んでもいいと思ってるの？　そんなの変じゃない」

「変？　変でもいい。僕は僕の心に正直でいたいんだ。君は何もわかってない」

だんだんけんか腰になってきた。夕紀は、長く探し続けた人との間が、壊れてしまうような気もしたが、言うことを選んだ。

「ええ、そうよ。わかってないし、そんなのわかりたくもない。生きていれば、迷惑をかけることもあるし、けんかをすることもある。結果、相手が不幸になったってあなたのせいじゃないわ。誰にも迷惑をかけまい、誰をも頼るまいって思うのは、謙虚なようで実は人との繋がりを拒否するってことじゃない？　私も拒否されてるのかなって思うと寂しくなっちゃうよ」

「違うんだ、違うんだよ。僕は罪人なんだ。でも、もうやめよう。緑の光を浴びに来たんだ」

やめようと言ったって、話を始めたのは浩一じゃないと言いかけて、夕紀はその言葉を飲み込んだ。まるで『心《こゝろ》』のようではないか。


止めてくれって、僕がいい出した事じゃない、もともと君の方から持ち出した話じゃないか。

（夏目漱石『心』より）


「先生」と友人Kの間に交わされた会話と同じだと思った。「先生」は手に入れたい愛のためにKに言った。今、自分は手に入れたい愛のために言ったのだろうか。違う。自分は浩一を罪の意識から解放したいために言っている。だが、意識からの解放は、本人の心にそういう欲求が生まれないと実現しない。夕紀はまだ待たなければならないのだと思った。待つ？　何のために？　そういう意味では、自分もまた、手に入れたい愛のために言ったのかもしれない。萌黄色の光の中で、二人とも黙ったままだ。ウグイスが鳴いている。すぐ近くで鳴いているようだ。ケキョケキョケキョ、ケッキョキョッという大きな声が、さあ心を開けと促しているように聞こえる。しかし二人の間は縮まらなかった。

浩一が言う「罪」とは何なのか、夕紀にはわからない。彼に罪を意識させる人とは誰なのか。その人との間にどんなことがあって浩一が苦しむのか。わからない。

「帰ろう」

浩一の言葉に我に返った夕紀は、まだ自分の心の中にくすぶるものを抑えがたくて、運転を代わろうと思った。

「キー貸して」

「どうして？」

「運転したいのよ」

「だけど、夕紀さん、まだ怒ってるんじゃ……」

「キー！」

浩一が渋々差し出したキーを受け取ると、白河インターから東北道に入った。自分でもちょっと荒っぽい運転だと思う。だが、イライラするからといって運転を誤るような自分ではないという思いがある。

「やっぱり高速を降りてくれないかなぁ」

ぼそっと浩一が言った。なんとなく夕紀は急に降りたい気分になって、矢板インターで降りた。しかし、なんか変だった。浩一の気分が次第に沈んでいく。

——この辺りだった。僕が生き埋めにされたのは。あのときは、まだ目が見えていたんだ。山の形や町の様子を、もし、生きて帰れるなら覚えておこうと思っていた。でも、生き埋めにしようと言う男たちの話を聞いて、ぞっとした。体の上に土が落ちてくる感覚は、今でも忘れられない。そして尾島の父が助けてくれたんだ。僕のために泣いてくれた。でも、そんなこと夕紀さんには言えない。

そして、つぶやくように言った。

「今、担当している患者さんは、弟さんを亡くしていてね、そこに罪悪感のようなものを感じて精神のバランスを崩しているんだ。彼の叔父さんは、結婚もしないでその人の面倒を見ている」

夕紀は、これかと思った。未婚のまま、浩一を養い、未婚のままこの世を去った尾島武男のことが彼を苦しめているのだろう。担当する患者とその叔父が目の前にいて苦しんでいる姿は、嫌でも尾島武男を思い出させるのだ。心の底に沈殿させていても、二人が浩一を頼りにする限り、いつでも、亡くなった尾島を思い出してしまう。その都度罪悪感に囚われるのだ。

――それだけ？　だったら「不幸にしたのは、尾島の父だけじゃない」と言ってる意味がわからない。その患者さんの病気にも関係があるということ？　そんなことってあるかしら。

尾島の父のことしか頭に浮かばない。そのことについては夕紀は、すでに亡くなった人のことだ、思い出すなとは言えなかった。彼は今も尾島の父と生きている。しかし現実にはもう親がいない。一方で、自分には実の両親と養父母と四人の親がいる。

浩一と結ばれれば、二人で四人の親を持つことになるじゃないか。それは一般の夫婦と何の変わりもない。そう言おうと思ったが、それは、ある意味でのプロポーズだから、ためらった。帰り際に夕紀は、預かっていた新井からの手紙を渡した。驚いた浩一を残して夕紀は帰った。封は切っていない。何が書いてあるのかわからないが、おそらく浩一を思う内容だろうと思う。新井と尾島武男の間に交わされた手紙を夕紀は知らなかった。そこに書かれた、浩一の生き埋めにされた悲惨な過去も知らない。

帰りながら、夕紀は、罪の意識から浩一の心が解放されるまで待つ覚悟をした。その時夕紀は、自分の境遇が変化しつつあることを知らなかった。帰宅して郵便受けに姉からの手紙があることに気づいたが、そこには、姉が夫婦揃って養子になると書いてあった。すでに妊娠している姉はお腹に子どもを宿したまま養子夫婦となるのだ。お腹の子は男の子とわかっている。養父母が期待しているのは「男の子」だった。手紙を読んだ後で夕紀は、自分に求められていたのは、婿を取り、跡継ぎを生むことだったのだと気づかされた。しかし、今の状態では養父母の期待に添うことはむずかしい。その後、姉の子は無事に生まれたが、浩一からはしばらく連絡がなかった。やっと電話がかかってきたのは、まだ三月の余寒の頃で、夕陽の光が周囲を黄色味の強い琥珀の色に染めた日だった。その日、浩一は四半世紀に及ぶ苦悩から解放されたのだった。

柘榴色の水

記憶に囚われる人

（一）

目の前で柘榴の実の色をした水が揺れている。茫然として突っ立ったままの安西光男の脳裡にこれまでのことが浮かんでいた。姉の嫁いだ関根家では次男崇之が溺死して以来、家庭内の空気は一変してしまった。長男の義之が傍にいたのだが、その目の前で崇之は濁流に呑まれて見えなくなった。すべては濁流のせいで、崇之の死は義之の責任ではない。だが、母親の崇子が鬱ぎ込んでしまうと、義之は自分を責め始めた。崇子は常々「義之はお父さんの子、崇之はお母さんの子、崇之が死んだりしたら私は生きていけない」と言っていたのだから、義之の気持ちもわからないではない。崇子の弟である光男は甥が心配になって度々関根家に行っては遊びに連れ出した。サッカーや野球の試合観戦、映画、花火大会、祭と何かあるたびに義之と一緒の時間を作り出していた。それには光男の子ども時代の記憶が関係している。

姉の崇子と十歳違いで生まれた光男は、兄と二人の姉に羨ましがられて育った。「いつも、あんただけ可愛がられて」と何度言われたことか。だが、光男には自分だけ親に可愛がられたという意識がない。十歳のときには母がパートに出たこともあって、いつも鍵っ子だった。今、義之はその十歳になる。特に冬の夕方は家に帰っても誰もいない寂しさを味わった。夕陽の光があたりを琥珀色に染め出すと、無性に悲しくなるのだ。その悲しさ、寂しさを義之が味わっているのではないかという思いが、それほど仲がいいわけでもなかった下の姉の家へと光男を向かわせる。

何度も通ううちに、義之は次第に光男に心を開くようになって、表情も明るくなった。レジャーランドで観覧車に乗ると、天辺で大きく息を吸って吐いた。自由だ。目が輝いている。両親が嫌がるジェットコースターに乗ったときの義之は大声を出し、降りてからも興奮が冷めないようだった。光男はミックスのソフトクリームを買って渡しながら「楽しかったかい?」と聞いた。うなずきながらソフトクリームを笑顔で受け取った義之が、ベンチに坐ると不意にうつむいた。

「どうした?」

「叔父さん、僕って悪い子かな?」

「なんでだよ。そんなことないじゃないか」

「だってお母さん、家に帰って『ただいま』って言っても『お帰り』って言ってくれないんだ」

「なんだ、そんなことか。大人は忙しいときだってあるし、他のことを考えてることもあるんだ」

「毎日でも?」

光男は言葉を探したが見つからなかった。

「お母さん、きっと、崇之のことで怒ってるんだよ。だから僕……」

「そんなことないって。考えすぎだよ」

泣き出しそうな義之を抱き寄せて光男はじっとしていた。されるがままになって義之もじっとしていた。ソフトクリームが溶ける。光男はいきなり義之の手のソフトクリームをパクッと食べた。残り半分だ。義之はあ然として、それから笑い出した。

一年後、光男は関根家の三男孝の無事を知らせる電話を待っていた。傍のソファーでは義之が眠っている。行方がわからなくなった弟の帰りを待って、一階の部屋中の灯りと玄関灯を点けて起きていたが、さすがに眠くなったようだ。しかし光男は警察から連絡が入ったときにすぐに出られるように、リビングの電話の傍に椅子を寄せて待機していた。

祭の会場で「叔父さん、僕一人でトイレに行けるよ」というのが孝と交わした最後の言葉だった。公衆トイレの前で、光男は電気が点いていないのに気づいてスイッチを探した。近くにいた露天商の若い男が「誰だ、電気消したのは」と言うと、「私です。すみません」と言って近寄ってきた男が電気を点けた。孝はにこっと笑って光男に手を振ると、トイレ内に入っていった。その後、孝は忽然と姿を消してしまったのだ。いつまでも出てこないので気になってトイレ内をのぞいたが、いない。声を出して名前を呼んだがいない。露天商も一緒に名前を呼んだり、走り回ったりしてくれたが、いない。光男が青ざめた表情で近くに置いてきた義之の元に戻ると、彼は渡した小遣いで焼イカを買って一口齧り付いたところで、そのまま硬直した。目を大きく開けて光男を見つめている。事情を話すと義之は黙って光男に付いてきた。というよりも強引に腕を引っ張ったのだ。迷子の届けを地元の警察に出して待っていたが見つからなかった。家に戻っているようにと警察官に言われて戻ったが、空が白々としてきた今になっても連絡はない。孝は以前にも一度迷子になったことがあったが、そのときは警察官に伴われて帰ってきた。今回も戻ってくるに違いないとは思っているが、以前と違って光男のすぐ傍から姿を消したのだ。単に人混みの中ではぐれたのとは、わけが違う。

二ヶ月前のこと、姉崇子の夫関根信義が会社に大きな貢献をしたとかで、ご褒美の二泊三日の旅行が計画されたのだが、夫婦で招待されたので、その間、光男は留守を頼まれることになった。出発当日の金曜日は義之と孝が二人で光男の帰りを待ち、土曜はファーストフード店で昼食後、祭見物に出かける計画だった。その日、光男は義之と孝の三人で宇都宮発の日光線に乗って鹿沼へ行き、バスを乗り継いで祭に行った。遠くの大きな祭を見たいと義之にせがまれたのだった。幾つもの提灯がつるされたロープが張られ、会場に近づくにつれてお囃子の稽古をする音が聞こえてくると、義之と孝はうきうきとしていた。ずらっと並んだ露店からいい匂いが漂ってくる。普段は見られない光景だ。光男は二人にお小遣いを渡した。不潔だからと言っていつもは崇子が禁じている食べ物も今夜は許した。「お母さんには内緒だよ」と言って。だが、祭の最中に孝が姿を消した。探し回ったが姿はなく、警察に届け消防団に捜索を頼んだが見つからず、深夜に帰ってきた。姉夫婦に何と言おう。前に次男を亡くしている姉にとって、三男の孝は目の中に入れても痛くないと思われるくらい可愛い存在だった。亡くした次男の代わりとでも思っているかのような溺愛ぶりで、義之が嫉妬するほどだった。

まんじりともしないで朝を迎えたが連絡もなく、孝は帰らない。光男は姉夫婦の帰りを重い気分で待った。義之の顔は青ざめている。

「ただいまぁ」

不意に響き渡った明るい大きな声を聞いて、沈んでいた光男と義之は飛び上がった。昼頃に何も知らない崇子が帰宅して、にこにこと笑いながらリビングに入ってきたのだ。その後ろから義兄の信義も笑顔をのぞかせた。

「楽しかったわ。どうしたの？　二人ともそんな顔をして。お昼食べてないんでしょ？　駅でお弁当を買ってきたから食べましょ。あら？　孝は？　トイレ？」

何も言えずに義之は硬直している。

「実は……姉さん、夕べからいないんだ」

「いないって？」

光男から事情を聞かされた姉は、押し黙った。

「みっちゃんが付いていたから安心していたのに」

光男にとって、それはきつい言葉だった。どうしてしっかり見ていてくれなかったのかと詰る言葉だったから。

「またなの？　どうして私は子どもを二人も亡くさなければいけないの？」

「死んだと決まったわけじゃない。ともかく警察から連絡があるまで待とう。もしかしたら親切な誰かに連れられて帰って来るかもしれないじゃないか。前みたいに」

信義の言葉に首を横に振ると、崇子は言った。

「そんなことないわ。気休めを言わないで。孝は死んじゃったのよ」

崇子はそのまま二階に上がって寝室に閉じこもってしまった。その後、孝の記事は新聞に載ったが、なんの情報も得られなかった。そして年末になっても帰ってこなかった。

姉の崇子が異様な行動を取り始めたのは翌年の七月頃だった。それは次男の崇之が亡くなったときを思わせるような雷雨の後だった。まぶしいくらいに晴れ上がった空を見ていた崇子が、突然薔薇の花を買ってきたいと言い出した。たまたま関根家を訪れていた光男は、彼女を車に乗せて花屋に行った。車に戻ってきた彼女は、十四、五本ほどの深紅の薔薇の花束を抱えていた。クリムソン・グローリーという名前の薔薇に似ているその花は、ビロードのような優雅さを湛え、高貴な香りがした。

「そんなにどうするの？」

「水に浮かべるの」

「水に？」

崇子は家に帰ると大きなガラスの器に水を張って、その中に薔薇の花びらを一枚一枚取っては浮かべた。一枚ごとに何かをつぶやいているのだが、まるで狂気の沙汰のようにに見えた。だが、彼女には彼女の思いがあった。一枚ごとに孝が帰るようにと念じながら浮かべていたらしい。やがて薔薇の花びらは器の中に沈められ、いっぱいになっていった。紅い花びらをいっぱい浮かべたガラスの器は柘榴の色に見え、それは静脈から出る血の色にも見えた。それを黙って見ていた光男は、不快に近い感情が湧き起こってきているのを感じた。近くで一斉に鳴き出したアブラゼミの声がうるさく感じられる。

深紅の花びらをいっぱい浮かべたガラスの器は毎日のように移動する。最初は仏壇の前、次は玄関、次は冷蔵庫の上というように崇子が移動させるのだ。思いがけないところに柘榴色の水を湛えた器が置かれるのだから、次第に周囲の心は乱されていった。信義も光男もやめてほしいと懇願した。しかし、彼女はやめなかった。それだけでなく、食事をあまり取らなくなって衰弱していった。そのうちに義之の様子がおかしくなってきた。義之は母の生きがいを奪ってしまったと考えた。その一方で、それほどに孝を愛していたのか、自分よりも孝のほうが大切なのかと悩み、母に見捨てられたと思い込むようになって引きこもった。義兄の信義もストレスから喫煙量が増え、次第に表情が暗くなっていった。妻は衰弱し、長男の義之は引きこもり、三男の孝は行方不明なのだから、当然かもしれない。それだけでなく、次第に他の人との交流も減っていった。話題は自然と暗いものになるので人々は遠慮するようになり、電話をかけてくる数も訪問客も減っていった。

次男の崇之が溺死した後、精神的に不安定になった崇子は、児童養護施設から一人の少年を引き取ることにした。それが崇之とほぼ同じ年齢の孝だった。それが不幸の元だったのかもしれない。崇子は心の安定を求めて孝を溺愛した。だが、自分の心の穴を埋めるその行動は、長男の義之の心を顧みないものだった。まだ母親の愛を欲する年齢だった義之にとって、母の心が養子の孝に移ることは受け入れがたかった。しかも自分が可愛がった弟崇之の代わりに引き取られた、どこの誰かもわからない孝に、自分が独り占めしていいはずの母の愛を奪われたのだから、決して認められるものではなかった。突然奪われた崇之の命、それだけでも心の傷は大きいのに、母の愛まで奪われた傷は癒えなかった。部屋に閉じこもると、昼夜逆転の生活を送るようになり、それがまた、崇子の心を乱していった。光男は姉と甥の様子が気になって頻繁に関根の家を訪れ、そのうちアパートはそのままに、関根家に居候するようになった。実家の兄や他家に嫁いでいる上の姉は、深入りするなと言う。だが放ってはおけなかった。

光男が居候するようになってから、義之は少しずつ部屋から出てくるようになった。

そして時々泣いている母の姿をじっと見つめていた。

「ねえ、叔父さん、涙っていつ紅くなるの？」

「え？」

「涙ってさ、流し続けると血の色に変わるって言うじゃない？　だから、お母さんの涙を見ているんだけど、ちっとも紅くならないよ」

光男はぎょっとした。義之が母親の顔を見ていたのは、涙が紅く変わる瞬間を見たいと思ったからだったのか。異常だと思った。その後、夜間に大声で叫んだり、泣いたりする義之は、姉夫婦にとって重荷になっていった。なにしろ二人とも行方のわからない孝のことで精一杯だったのだから、それを受け止めるだけの心の余裕がない。

光男は知り合いの精神科の医師滝田に相談し、診察のために義之を連れ出した。両親には抵抗する義之も、光男には素直に従った。診察の結果、躁鬱病や統合失調症と言った精神の病ではない、ただ心のバランスが少し崩れているだけだから、薬を飲ませて様子を見ようと説明された。が、家庭で薬を飲ませつつ支えるだけの精神的余裕がないと告げると、滝田は入院を承諾してくれた。帰って姉夫婦にその旨を告げると、渋々承知した。だが、その一方でほっとした様子が見て取れて、光男は不快感をあらわにし、義之を可哀想だと思った。入院当日、光男はボストンバッグを持った義之を伴って滝田病院に行った。寂しそうに見送る義之を残して病院を後にした光男は、ほっとしている自分に気づき、深い後悔の念に苛まれた。姉夫婦を責めていた自分なのに、その自分までもが甥を見捨ててしまったという思いに苦しんだ。だが、自分にも生活があるし、姉夫婦が少しでも元の生活を取り戻してくれるなら、しかたがないことなのだと自分に言い聞かせた。

アパートに戻り、乱れてしまった自分の生活を取り戻すことに懸命になっていたある日、滝田から連絡が入った。義之の状態がほぼ安定しているので、自宅療養、さらには登校を勧めたいということだった。それを姉が受け入れられるかどうか。確認を取るために光男は久しぶりに関根家を訪れた。玄関のチャイムを鳴らそうとすると、室内から争う男の怒号と姉の悲鳴が聞こえて、光男は慌てて玄関のドアを開けた。鍵は掛かっていなかった。飛び込む光男の目に見慣れない男物の靴が映った。声のするリビングに走り込むと、義兄の信義と見知らぬ男が取っ組み合っていた。

「義兄さん、どうしたんです。やめてください！」

光男の言葉も耳に入らないくらい興奮した信義と男はもみ合い、止めに入った光男を突き飛ばしてもつれ合ったまま床に倒れ込んだ。腕力は男の方が上のようだ。倒れた拍子に偶然南部鉄の灰皿を手にした信義が、男の頭を思い切り殴った。一回では興奮が収まらず、二回三回と殴る間に男は動かなくなった。信義の手から灰皿をもぎ取った光男は、男が目を開けたままなのに気づいた。あっけなく男は死んでしまった。傍らで姉が悲鳴を上げてしゃがみ込んでいる。信義は茫然と壁にもたれかかって坐ったままだ。ともかく救急車、警察を呼ばなければとつぶやく光男は、関根家の崩壊を感じていた。とっさに灰皿に付いた血を自分の顔や手に擦り付けた。その耳に信義の呻くような声が聞こえた。

「何をするつもりだ。もういい、もういいんだよ。犯人は俺だ。庇ったりして自分の人生を棒に振ってはいけないよ。これが俺の人生だったんだ」

救急車は来たが、その場で死亡が確認され、搬送せずに帰って行った。その場で逮捕され、警察に連行される信義を見送りながら、光男は血の匂いが漂うリビングで、震えている姉をしっかり抱いていた。甥の義之は帰る家を失ったと思った。

（二）

紅い薔薇の花びらが水に浸され、柘榴色の水が揺れる。崇子の説明を聞いてわかったのだが、男は孝の実の父親だった。捨てたにも関わらず、養護施設にいることを突き止め、そこから関根の家を聞いて来た。養父よりも、引き取りたいと言う実の父親の気持ちが優先する。それが施設長の考えだったのだ。だが、男は孝を引き取る気などなかった。ただ、裕福そうな関根家から金をゆすり取ることが目的で、行方のわからない孝を返せと言ってきた。行方不明なのだから、返せるはずもない。それを告げると、隠しているんだろうと言って関根信義の留守中に家に上がり込み、荒々しく探し回って帰って行った。それから数日経って、また家に上がり込むと学校に行っているんだろう、それなら帰るまでここで待つと言って居座り、精神的に不安定になっていた姉を威し飲食物を要求した。それからはそれが、ほぼ毎日のように続いたので、信義は仕方なく金を渡した。それが結果的によくなかった。男は味を占めてさらに多額の金を要求するようになっていった。その事情を光男は知らなかった。義之を入院させてからというもの、姉夫婦の生活の邪魔をしないように遠ざかっていたからだ。

姉の調子がよくないので、信義の面会には光男が行った。留置場では下着や薬などを差し入れるのにも検査をされた。やっと面会が許されると、現れた信義は、どことなく気弱な様子を見せていた。だが、姉の様子も気になっていたので、光男はほんの少しの変化を見逃した。

「まもなく拘置所に送られるだろう。光男君、崇子を頼むよ」

「はい。姉さんのことは心配しないでください。それよりも義兄さんの方が心配です。しっかり食べて元気になってください。事情もありますから、情状酌量ってこともありますよ」

うん、うんとうなずきながら、信義は涙を浮かべた。光男は苦しくなって、このままの心理状態では家に帰れないと思った。

公園のベンチに腰掛けてぼうっとしていると、乳母車を押している若い女と、年齢の近いらしい大きなトートバッグを肩に掛けた女が歩いてきた。その後ろを小さな姉妹らしい子どもが付いてくる。話に夢中だが、バッグを持った女が時折振り返って見るので、おそらく母親なのだろう。

「琴美、ちゃんと見ててよ」

琴美と言われた女の子は大きくうなずいた。妹の方はまだ歩き始めたばかりらしく、すぐに転んでしまうのではないかと思われる歩き方だった。その後ろを幼稚園の年長組くらいの子が見守るように歩いてくる。その時、走ってきた男の子が姉と妹の間を縫うようにして通り抜け、その拍子に妹に接触した。男の子はそのまま走り去り、妹は転んで泣き出した。慌てて抱き起こそうとする姉に向かって、振り返った母親が怒鳴った。

「ちゃんと見てててって言ったでしょ!」

怒鳴られた子は妹を抱き起こすのをやめて硬直してしまった。その時、母親の背後で起きた状況を説明してやればよかったのかもしれない。だが、光男はできなかった。

姉崇子の言葉を思い出したのだ。

（みっちゃんが付いていたから安心していたのに）

光男の心身も硬直していた。どんなに注意をしていても、魔の時間帯がある。自分が付いていたのに孝は行方がわからなくなった。どんな言い訳をしても結果は変わらない。その後の関根家の惨状は目に余るものがあった。すべては自分が悪いのだ。姉も甥の義之も自分が責任を持って守らなければいけないと思った。

その深夜、警察から連絡があって、信義が首をつって死んだことを知らされた。留置場にいるから安心していたのに。これも魔の時間帯だったのか。霊安室で変わり果てた信義の遺体を見た崇子は半狂乱になった。仕方なく遺体の搬送、葬儀の手配などは、すべて光男が取り仕切ることになってしまった。葬儀の打ち合わせは関根の両親と一緒にやったが、その間にも光男の心にはわだかまることがあった。信義は「崇子を頼むよ」と言ったが、義之を頼むとは言わなかった。義之の存在は眼中になかったのか、それともそれを言えば自殺の意思を見抜かれてしまうと思ったのか。いずれにしても自殺の意思に気づかなかったことが悔やまれた。

葬儀は家族葬にした。殺人を犯し、留置場で首をつった男の葬儀に参列する者もいないだろうと思ったからだ。こういう事情の葬儀の厳しさを光男は痛感した。遺族が悪いことをしたわけでもないのに、こそこそと隠れるようにしなければならない。葬儀社の社員も、なんとなく声をかけにくそうにしている。普通なら、気を遣われるはずの遺族の方が気を遣う。義之には、父が事故で死んだと伝え病院から連れ出して参列させたが、母の崇子は息子に近づこうとしなかった。祖父母や親族も近づかず眉をひそめたので、光男は義之の精神がまた不安定になってしまうことを恐れて早めに病院に連れ戻した。喪主は崇子にしたが、茫然として魂の抜けたような状態だったから、喪主の挨拶は関根の父親が代行した。湿っぽい雰囲気の中で、関根の父が、憮然とした様子で挨拶に立った。

「こんな時に頼りにならない嫁だから、私が代わって一言ご挨拶申し上げます」

なんという挨拶か。崇子の父安西がむっとした表情をする。その傍で母は口を開いたままだ。うわっと泣き出した崇子を支えて光男も激しい憤りを覚えた。精神的に不安定な人間に一般の人は、まるで自分が優位にいるかのような言動をする。それは本人を追い詰めるだけなのだが、関根の父は、その一般人と変わりがない。いわば、他人の立場でものを言う。崇子は関根の家族になれなかったばかりか、見捨てられたも同然だった。それは精進落としの席でも明らかになった。

精進落としの席で光男の兄が囁く。

「もう、こんな家《うち》と関わるなよ。お前の責任じゃないいんだ。崇子もおかしいし、義之もおかしいいんじゃお前の人生がだめになるぞ」

「だけど姉さんのことだもの、放っておけないよ」

それを聞きつけて関根の伯父がけんか腰に言った。

「こんな家とはなんだ。大体義之がおかしくなったのは崇子の血のせいじゃないのか？　安西家の血が狂ってるんだよ」

「なに！　もう一遍言ってみろ。家の家系が問題だって言うのか！　年上だからって遠慮しないぞ」

「当たり前だろう。そっちの家系だよ。家にはそんな人間は一人もいないぞ。遺産は全部くれてやるから、もう家とは関わらないでくれ」

「何言ってんだ。遺産は妻子のものって決まってるだろ！　あんたこそ頭がおかしいんじゃないか?」

他人が入らないので、お互い言いたいことを言う。精神病を遺伝とする考え方は、こんな時にふいと出るのだ。人生は正気と狂気の間の綱渡りだ。多くの人はそれに気づかない。自分たちは精神を病まないと思い込んでいる者同士では、お互いに引き下がることをしない。取っ組み合いになりそうなのを周囲が引き離したが、関根家と安西家の不仲は決定的になった。もともと、姉夫婦と関根の両親や親族とはうまくいっていなかったのだ。夫をなくした崇子には、光男以外に守ってくれる者がいなくなってしまった。

（三）

葬儀が終わって誰も崇子を気遣う者がいないので、見かねた光男がアパートを引き払って関根家に住むようになった。上の姉でさえ、妹の崇子の面倒を見ようとしなかったのだった。それどころか酷い言葉を吐いた。

「崇ちゃんとか義之君とかが、こんな風だと困るのよね。子どもたちの就職や結婚にも差し支えるから、面倒見に来られないし、家にも来てもらいたくないわ。関根さんがあんな風になったのも嫌だし。死んでくれたから助かったけど」

確かに精神の障害に理解のない現在の社会を考えれば、就職や結婚に差し支えるだろう。言っていることが理解できないわけではないが、実の姉ですらこうなのか。光男には自分の味方もないまま、崇子と義之を永遠に守らなければならないように思われた。しかし、物事はそううまくいくものではない。光男はだんだん疲れてきた。退院しても登校したりしなかったりをくり返す義之と、その面倒さえ見られない崇子を一人では支えようがなかった。やむなく両親に頼み込んで安西家で姉の面倒を見てもらおうとした。だが、こんなとき頼りになるのは、肉親ではなく兄嫁だった。娘を充分に支えられない両親に代わって世話を引き受けると申し出てくれた。

「お前がそうしたいんなら、そうしてもいいぞ」

兄嫁の申し出を、まるで他人事のように承諾しながら、兄が言った。

「だけど、崇子はわがままだからなぁ」

光男はむっとしたが、無理を承知で引き受けてくれる兄嫁の手前、我慢して引き下がるしかなかった。だが、帰る途中も腹が立って仕方がない。

甥と二人だけの生活になると、意外に楽な気分になった。義之もそれを感じたらしい。次第に登校する日数が増え、普通の生活ができるようになった。日曜日には公園を散歩したり、自転車で十キロほど離れたディスカウントスーパーに行ったりして、自由な時間を共有した。バッティングセンターにも行った。その帰り、義之の体から発散する臭いの中に男としての成長を感じ取った。健康な臭いだ。まもなく崇子が元気を取り戻して帰ってきたときには義之の様子は一変していた。崇子を迎えに行ったとき、兄嫁が囁いた。

「光男さん、そんなに崇子さんたちの犠牲にならなくてもいいんだよ」

光男は兄嫁に黙って頭を下げて帰ってきた。崇子が言う。

「みっちゃん、ありがとう。義之が前のようになったのは、みっちゃんのお蔭よ」

「そんなことないよ。それより兄嫁《ねえ》さんには随分世話になったから、何かお礼をしなくちゃ」

「何言ってるの？　長男の嫁だもの世話をするのが当たり前でしょ」

光男は黙ってしまった。その時初めて兄の言葉を理解した。

（崇子はわがままだからなぁ）

人の苦労を思い遣らず、自分に向けられる愛情だけを求めるのをわがままと言わないで何と言おう。それでなければ幼児性を残したまま大人になったアダルトチルドレンだ。幼児性から抜け出られない親の元で育てられれば、その子もそうなる可能性が高い。弟を亡くした義之を思い遣ってきた自分だが、間違っていたのだろうか。もしかしたら、義之も自分にだけ注がれる愛情を求めただけなのかもしれない。兄の言うとおり自分の「人生がだめになる」道を選んでしまったのだろうか。

だがこのとき光男には、姉と甥を見捨てるという選択肢はなかった。まだ頑張れる、そのうち状況は好転すると思っていた。人生悪いことばかりではない。関根家と自分の幸せはきっと訪れる。それを支えに生きるつもりだった。

中学校に上がるとまた、義之の様子は変わってきた。小学校での不登校をからかわれたのだと言う。そして現実を思い知らされた。

「ねえ、叔父さん。お父さんは人殺しなの？　事故で死んだんじゃなかったの？」

崇子や自分が黙っていたところで、事情を知る他人はいくらでもいる。それがその子どもの将来を左右するものであっても、自覚のない人々は平気で自分の子どもたちに事実を告げる。大人の言う言葉は同じ学校の生徒に拡散するのだ。

「事故で死んだんだよ。だけど、お父さんの過失で相手の人が死んじゃったから、人殺しと言われるのかもしれないね」

光男は甥を刺激しないように嘘をついた。だが義之は登校しなくなった。気持ちはわかる。だが、あの生活をくり返すのかと思うと、光男は憂鬱になった。そして息子に連動するかのように崇子の様子もおかしくなってきた。結局この親子は一緒の運命をたどるのではないかと思えてきた。一蓮托生、運命共同体といった言葉が脳裡に浮かんだ。泥舟か。いつ沈むともわからない泥舟に自分は乗ってしまったのか。兄嫁の言葉が甦る。

（そんなに犠牲にならなくてもいいんだよ）

さすがに何もかも放り出して逃げようかと思った。いや、できない。やはり正常な判断のできる自分が彼らの面倒を見なければと光男は思った。このとき二人を見放せばよかったのかもしれない。だが、光男は自分の人生を犠牲にする道を選んだ。

ともかく人殺しの子、不登校児と言われずに済む、過去を知らない学校に転校させることにしたが、公立の学校での受け入れは難しく、私立の全寮制の学校に転校させた。同時に関根の家を売り払い、学校の近くの一軒家を借りた。しかし、その選択は間違っていた。転校や寮生活に馴染めない義之は、また奇妙な行動を取るようになって入院した。入院させて帰る途中で、光男は再び甥を見捨てたという罪悪感に苛まれた。だが、それも新しい環境に慣れないという一時的なもので、義之は無事に中学校を卒業した。ところが高校に入るとまたおかしくなって、自宅に引きこもるようになった。結局は、新しい環境に適応できないのだ。それでも通院投薬によって復帰し、高校を卒業するかに見えたが三年の秋に再び入院するようになり、出席日数が大幅に不足しているというので、留年を示唆されると、義之は迷うことなく中退を選び、退院した後は家に引きこもってしまった。

崇子はというと、開き直ってあちこちに自分は早くに夫を病気で亡くした、息子は〝うつ〟で引きこもっていると言って回るようになった。そして人々の同情を買った。その自分に向けられる同情が崇子には気持ちよかったらしい。だが、息子を何とかしようという考えもなく言い触らすことは、母親という立場を捨てたようなものだ。崇子には同情が集まり、義之には冷たい目が向けられるようになってしまったが、それは回り回って崇子への冷たい視線となって戻ってきた。光男がそれに気づいたのは、ひそひそと話す近所の主婦たちの姿を目にしたときだった。話しては一階を見、二階を見上げる。そうして光男に気づくと、ピタッと話をやめるのだった。

「姉さん、また何か近所に言ったの？」

「何も」

「あまり義之のことを言うのはよくないよ」

「どうして？　あっけらかんと言ってしまった方がいいじゃない。隠していると、何を言われるかわからないもの」

「それもそうだけど……」

光男は言ってもむだだろうと思ってやめた。息子の将来を考えるでもなく、弟の光男にすべてを任せていくつかのサークルに入って、遊び歩いていると思われたのだろう。しかし、崇子にはそれがわからない。同情の度合いが減ってくると、また別の家やサークルで苦労話を始めた。そのうち、義之の隣の部屋では深夜でもテレビを観たり歩き回ったりしていてうるさいので、眠れないからと言って光男の部屋と交換した。眠れない状況が続いても、息子を見守ってやる意志はないのか。四年、五年と引きこもっている義之を何とかしたいと思っている光男は、崇子の身勝手な言動にうんざりしてしまった。崇子は息子を、自らの意志であっさりと見捨てたのだ。それは無責任な他人の言動と変わりはない。義之は好んで今の状態になったのではない。引きこもる人間を心が弱いとか、感受性が強いとか世間では言うが、義之のような状況に置かれた人間を弱いと言う資格など誰にもない。彼らは引きこもるに至るような状況に置かれた経験がないだけなのだ。そして甥を何とかしようという意志をさらに強くした。

（四）

崇子の夫の死因を病気と思い込んでいる人々に、それほどでもないと思われる苦労話をすることは、本人の価値を低く見せてしまう。そういう話を性的欲求不満のはけ口と見なす人にとっては、崇子は格好の餌食だった。悪いことに崇子は高級車が好きだ。いや、車が好きなのではない。そういう車を乗り回す生活が好きなのだ。高級外車に乗る男に声をかけられて簡単に乗ってしまった。度々その現場を見ている光男がたしなめるのだが、聞く耳を持たない。それどころか「車に乗せてもらっただけじゃない。私を信じないの?」と詰る有様だった。しかし心配したとおり崇子は妊娠してしまった。相手の男は認知しないから堕ろせと言う。つまり妻子ある男性だったのだが崇子は知らなかった。相手も妻を早くに亡くして独身だと聞いていた。子どもは成人して家を出ているので、二人で新婚生活が送れると聞かされていた。お腹の子どもをどうしようと相談された光男は、堪忍袋の緒が切れて怒鳴った。

「だから言ったじゃないか！　その年になってわけのわからない男の子どもを妊娠するなんて！　いい恥さらしだよ。どうしようか？　どうすりゃいいか自分で考えろよ！　自分で蒔いた種だろ！」

「わかってる。悪いのは自分だってわかってるよ。だけど子どもを殺すなんて嫌だもの」

うんざりだと思った。

「義之が引きこもってるっていうのに、何やってんだ。自分が眠れないから部屋を代わってだって？　息子を面倒見るのが母親の仕事だろ？　まるであいつを見殺しにしたようなもんだ……子どもなんて二人も殺してるじゃないか。義兄さんも殺したくせに」

言ってしまってから光男は、はっとした。なんという酷いことを言ってしまったんだろう。

光男は崇之が溺死したとき、姉は何をしていたのだろうと思うことがあった。義之がどこに行っているかも、崇之があの雷雨の中でどこに向かったのかも知らなかった。もちろん、それは魔の時間帯だったと考えることはできる。だが、借家に引っ越してからの姉の様子を見ていると、悪い考えが浮かんでしまう。孝を引き取ってからは、夫も息子もそっちのけで孝を溺愛し、その結果実の息子を精神的に不安定にした。そもそも孝さえ引き取らなければ、そうはならなかったし、義兄が孝の父親を殺すこともなかったはずだ。自分が付いていながら孝を行方不明にした罪悪感から、その原因を姉に転嫁したのだった。それがまともに口をついて出た。崇子はわっと泣き出した。

「酷い。あんまりだわ。私だって辛かったのに、見殺しにしたなんて。酷いじゃないの。私が、私が子どもたちをしっかり見ていたなら、崇之は死ななかったかもしれない。義之はあんなにならなかったかもしれない。みっちゃんに孝を任せなければ、無事だったかもしれない。関根はあんな男を殺して自分も殺すことはなかったかもしれない。いろいろ考えたのよ。そうよ、みんな私が悪いのよ。だからといって、みっちゃんにそんなことを言われる筋合いはない！」

泣きながら言い続ける姉の言葉で、光男は姉の苦悩を知った。言葉の中に、自分を責めるようなものがあったが、それは今は言うべきではない。兄嫁に見せたわがままと夫や子どもについての苦悩は矛盾しない。姉は自分の悩みを、ヒロイン気取りの言動で解消しようとしていたのだ。崩れそうになる自分の精神を、脳天気な言動によって辛うじて支えていたのだ。光男はそれに気づかなかった自分に気づいた。しかし、言い過ぎたと思ったが、まだ退く気はなかった。

「部屋のことだって、ただ言っただけよ。眠れないからじゃなくて、一階にいれば、義之が夜中に下りてきて、作って置いたご飯を食べるのがわかるから、そうしただけじゃない。ああ、今日もちゃんとご飯を食べてくれた。生きていてくれるって、感じられるからよ。私の気持ちをわかりもしないで！」

光男は思い出した。夕飯の後、義之用に別の料理を作ってテーブルに置き、レンジで温めれば済むようにしていたことを。そうだったのか。眠らずに一階で義之の様子を感じ取っていたのだ。知らなかった。

「ごめん。言い過ぎた」

謝っても一旦口から出た言葉は戻らない。崇子は泣きやめない。

「ごめん。俺が悪かった。姉さんの気持ちを理解していなかった。だから、ごめん。泣かないで」

「……泣かないでって言われて泣きやむような涙は流さないわよ」

思いがけない姉の言葉に光男は愕然とした。泣くのは我慢の限界に達しているからで、言われて泣きやむようなら始めから泣きはしないということだ。すぐに泣くので精神的に弱いと思っていたが、いつこんなに強くなったのだろうか。しばらくして崇子は泣きやんだが、お腹の子どもをどうするかの結論は出ていなかった。

その日から気まずさもあって、光男は姉を避けるように出勤し、夕飯は外食で済ませ、家には風呂と寝るだけに帰るような状態が続いた。もう一度謝らなければと思ったが、時間は過ぎていく。二週間ほど経った夜、残業を終えて帰った光男は、家の前に人だかりがして救急車とパトカーが停まっているのを見た。赤色灯が回転している。ぎょっとして足早に近づくと、そこに立っていた大家が振り返って光男に気づいた。

「安西さん、大変だよ」

言葉を言い終わるまで待てずに、光男は室内に駆け込んだ。その横を救急隊員がストレッチャーを抱えて引き上げていく。警察官が「誰か」と目で問う。

「この家の者ですが、何があったんですか？」

「安西さん？」

「はい」

警察官は無言で付いてくるように促した。浴室だ。そこで光男は柘榴色の水を見た。姉が浴槽の中で手首を切って沈んでいたのだ。覚悟の上と見えて、いつ用意したのか白い襦袢を着て足を紐で縛った姿で横たわっていた。ほつれた髪が濡れて顔に張り付いている。よほど覚悟を決めて切ったのだろう、手首の傷は開いて柘榴の実のような肉が見える。光男は口を押さえた。遅かった。涙が出る。

「死んだんですか？」

「さっき救急隊員が確認しました。これから検視になりますし、鑑識も来ます。甥御さんに会いますか？」

「え？　義之がどうかしたんですか？」

「私が来たとき、浴室内を茫然と見ていましたから、もしかしたら甥御さんの犯行かと思ったんです。それで奥の部屋にいてもらっています」

「まさか。義之がそんなこと」

するはずがないと言おうと思って、ためらいが生じたその時、警察官が言った。

「いえ。違うとわかりました。消防への通報をした後、動けずに突っ立っていたようです。テーブルの上に遺書があって、それを読んだ後、浴室でお母さんを発見したのです」

奥の部屋に義之はいた。正座してガタガタ震えている。その手に手紙が握られていた。

「義之、どうした?」

光男の顔を見てほっとした表情の義之が手紙を差し出した。急いで読むと、簡単に
「お母さんを許して」とだけ書かれていた。

「叔父さんのはあっちだよ」

居間に戻るとテーブルの上に遺書があった。

光男様
ごめんなさい。私は弱い人間でした。苦しみには堪えるつもりだったのですが、自分だけならまだしも、お腹の子を考えると、もうだめだと思いました。お腹の子を一人であの世に送ることはできません。私も一緒に死のうと思いました。気にかかるのは義之のことです。だめな母親があの子を見捨てるのです。どうか光男様、よろしくお願いします。遺産その他はたいしたものじゃありませんから、すべて光男様にお任せします。ごめんなさい。ありがとう。さようなら。

崇子

遺書を読んで、光男は自分のこの間の言葉が、こういう結果を招いたのだと思った。もっと親身になって相談に乗ってやればよかったと後悔した。だが、終わってしまったことは仕方がない。死んでしまった者は戻らない。可哀想なのは義之だ。お腹の子を一人であの世に送ることはできない？　それなら義之は一人で遺されてもいいと言うのか。中絶してくれとは言わなかったはずだ。せめて義之の将来を考えて、堪えて生きていてほしかった。彼は両親から見捨てられたのだ。光男はこれから一生、一人で義之の面倒を見なければならないことに気づいた。

借家の浴室で自殺するということは、遺された者にとって辛いものがある。その日から浴室が使えない。そればかりでなく、大家から立ち退きを迫られる。瑕疵物件となった責任を問われる。大家の言葉は非情だった。

「大変なことをしてくれたねえ。このままじゃ貸せないよ。部屋のリフォームをしてもらわなきゃね。リフォームしたって借り手が見つかるかどうか。保証してもらいたいね」

光男はそれらのすべてを誠意を持って対応すると約束して隣の空家に住まわせてもらったが、遺産相続で困った。関根信義の遺産は、崇子と義之で三対一の割合で相続していたから問題はない。崇子はしっかりと遺産分割協議書を作成していた。孝が生きていることを前提に関根の遺産分割をするので自分が多くの遺産相続をし、孝が生きているとわかったときにはそのうちの幾らかを協議の上、孝に相続させると書いてあった。崇子はつまり、孝の戸籍を抹消していないのだ。死んではいない、どこかで生きていてほしいという思いからそのままにしていたのだが、崇子の遺産を義之が相続するとなると、相続人が彼一人であることを証明しなければならない。

光男は、まず孝の戸籍を抹消しなければと思った。それで協議書に綴じ込まれた戸籍謄本を見たのだが、そこには孝の前の名前「栃木孝」という記載があった。その名前に光男は違和感を覚えた。孝の本当の姓は、あの男の姓「高木」のはずだ。児童養護施設で県や市の名称を姓とするのは、本人が自分の姓を覚えていない、あるいは言えない場合だと思う。児童養護施設で付けられた姓なら、孝はそれくらいに幼いときに保護されたことになる。しかし、施設にいたのは三年と聞いている。三歳で姓が言えないものだろうか。そこが妙だった。三年という言い方は、二年九ヶ月の場合もあり、三年十ヶ月の場合もある。光男は年月に幅を持たせる考えを持ち合わせていなかった。たとえそういう考えを持っていたとしても、孝に関しては意味のないことだったが。抹消の手続きが面倒な上に年齢と姓の謎が、光男をもう少し待ってみようかという思いにさせた。

関根信義のときは崇子が義之、孝兄弟の母親であるということもあって三対一の分割で許されたのだろうが、叔父である光男の場合は違う。そのことでもめたくないので相続について調べると、相続人に行方不明者がいる場合、家庭裁判所に申し立てて財産管理人を選任してもらうことができるとある。自分をその財産管理人に選任してもらえばいいと思った。事情を話すと、失踪宣告をした方が簡単だと助言された。だが、自分の思惑もあり、崇子の思いを尊重したいこともあって財産管理人に選任してもらった。そうして財産を半々に分割し、孝の分は光男が管理することにして遺産分割協議書を作成した。事情が事情なだけに協議書を作っておかないと、銀行がロックを解除してくれないからだ。どうしても必要な孝の書類上の戸籍は、児童養護施設で止まった。しかし、それで何とか当面の問題は片付いた。そして義之を自分の扶養家族にした。それがどういう結果を招くか、光男は気づかなかった。成人男性が職もなく、両親もなく、独身の叔父に養われる。最初は何かと言い繕った。しかし、それも時の経過とともに周囲に本当の事情を知られることになった。呪われた一族のような言い方をされて、会社での立場は悪くなっていった。誰からも相手にされない自分。飲み会にさえ誘われない自分。これはすべて自分が蒔いた種なのか。そういう時、孝さえいなかったらと思うことがある。辞職をし、過去を断ち切って新しい人生を歩みたい衝動に駆られるが、借家のリフォームや、これからの転居などの費用が掛かってくるので、今無収入になるわけにはいかなかった。物事は一気に片付けられるものではなく、一つ一つ片付けなければならない。まずやらなければならないのは転居だった。まもなく光男はアパートを探して義之と二人で引っ越した。

（五）

　母親が死んで楽になったというのも変だが、義之はまた明るさを取り戻していった。光男が帰宅した夜、いつもは部屋に引きこもったまま、夕食だと言うまで出てこなかったのだが、その夜は居間にいた。その手が小刻みに震えているのだが、それには気づかないふりをして言った。

「ただいま。どうした？　気分がいいのか？」

「うん。あのね、叔父さん、スーツとかワイシャツを買って」

「え？　なんで？」

「あのね、今日アルバイトの採用試験に行ってきたんだけど、トレーナーとジーパンで行ったのは僕一人だったんだ。あ、違った、今はジーンズって言うんだって」

　光男は驚いた。いきなり採用試験？　無茶だと思いつつ、そういう気持ちを持ってくれた甥をうれしく思った。

「わかった。買ってやるけどさ、お前すごいじゃないか。採用試験だなんて」

「だってさ、叔父さんに苦労かけてるし、いつまでもこうしてるわけにはいかないと思って」

「俺のことはいいんだよ。で、結果はいつ？」

「落ちたよ。君はいいって言われた。今どきはアルバイトでもスーツを着てくるのが常識だって。だからスーツを買ってほしいんだ。それに革靴も」

スーツのことだけを面接官が言ったわけではないだろう。世間から長い間引きこもってしまった義之には、世間の常識がわからない。おそらく質問にもちゃんと答えられなかったはずだ。だが、社会に出て働こうという意志は尊重したい。光男は次々と採用試験を受けては落ちる義之に提案した。焦ることはない、少しずつ社会に復帰しようと。それには、まず人との関わりや機器の扱いに慣れなければならない。買い物に行かせた。電話の応対をさせた。券売機で電車の切符を買わせた。さまざまな社会的リハビリを続けるうちに義之の手の震えは止まり、自信が見えるようになってきた。もう大丈夫と思ったが、相変わらず採用試験には落ち続けた。

知人の医師滝田から連絡を受けたのは、そういうときだった。滝田の病院は、五階建て一棟だったのだが、そこが診察とリハビリ棟になり、北側に五階の病棟が建てられて大きくなっていた。その二棟が東西の通路で結ばれている。中庭はフランス式庭園になっていた。そこを案内しながら、滝田が言った。

「義之君はどうしてる？」

「最近は採用試験を受けに行ったりして、前向きなんだけれども、なかなか内定が出なくてね」

「そうか。そこで相談なんだけれども、彼を私に預けてくれないか？」

「え？」

「いや、入院させると言うのじゃなくてスタッフとしてここにいてもらえないかということなんだ」

「スタッフ？」

「そう。アルバイトというか臨時職員としていてもらえれば助かるんだけど。実は息子が神経内科の勉強もしてきて、やっと帰ってきてくれたんだ。勤務医はやめて、この病院の跡継ぎになってくれるって言うんでね、スタッフが必要なんだよ。君も知っているように義之君の精神は、入院させるような状態ではなかった。継続的なカウンセリングを受ければ回復できるようなもので、ご両親の事情で入院させたんだ。だけどね、世間はそうは見ない。精神病院への入院歴があるというだけで白い目で見る。このままではこれから後も、就職は無理だろう。だから、この病院で働いたという経歴を持たせたいんだよ」

光男は、滝田が義之のことをそこまで考えてくれるのかと思うとありがたかった。しかし、滝田のその後の言葉にぎょっとした。

「彼は最初は異常なふりをしていただけじゃないのか？　何かから逃げたい。そう思っていたような気がするんだ。異常な言動をくり返しながら、ふっと正気の目をする。最近ここに来ないのは吹っ切れたからじゃないか、そんな風に思えて仕方がないんだよ。原因はお母さんだったかもしれない。母原病の一種かな。もともと患者として入院させたというよりも、ゲストとして迎え入れていたつもりだったんだ。観察していると時折、警戒を解いたときに正気の目をする。看護師にも伝えてあったから、それを理解して彼は患者としてでなく話し相手のように扱われていたと思うんだよ。時々見せる正気の目、それに気づかなかったかなぁ」

光男は「そんなこともあったかもしれない、これから気をつけて見てみるよ」と言って帰り、滝田の申し出を義之に告げた。しかし、彼は拒否した。入退院をくり返したあの病院には行きたくないと言うのだった。

皮肉なことに、それから後、義之の様子がおかしくなった。原因は何かわからない。ただ、日光市内にある工場の面接を受けに行ってからのことだ。おそらく面接で酷いことを言われたのだろう。本人の意志に反して、義之は滝田の病院に通院することになってしまった。しかし、滝田の配慮で、看護職員として雇用され、スタッフルームも個室を与えられた上で、時折カウンセリングを受けるようになった。診察棟には精神科以外に滝田の息子の担当する神経内科、常勤、非常勤の医師が担当する心療内科などがあり、そこに出入りしても誰も干渉しなかった。滝田は最近若い医師を常勤で雇ったが、心療内科専門で、カウンセラーとしての腕を高く評価されていた。義之もその医師を気に入ったらしく、いろいろと話すようになってきた。よい傾向だった。

帰宅するたびに明るくなる義之に満足しながら、光男はほっと一息吐く。やっと自分の苦労が報われる予感がした。すべては滝田の配慮によるところが大きい。様子を見に来た兄が文句を言った。

「いつまでもこんな暮らしをしていないで、嫁さんもらえよ。義之なんかと関わってると、今にお前も変になっちゃうって父さん、母さんが心配してるぞ」

兄は、傍に義之がいるというのに遠慮はなかった。

「いいよ、俺のことは放っといてくれ。干渉しないでくれるかな。俺の人生なんだから」

「ばか言ってろ。誰からもらった人生だと思ってるんだ」

「わかってるよ。両親がいて初めて命があるんだって。だけど、義之も、もう少しだから。もうちょっと放っといてくれないかな。滝田さんがいい方向に導いてくれているんだから」

以前にも増して快方に向かっている義之を、ここで逆戻りさせたくはなかった。兄は病状を理解することもなく、義之がまるで何も理解できなくなっているかのように話をする。たとえ精神病を患ったとしても、全く人間としての心の機能がなくなるわけではない。それを理解しないで話をすることは、一般に精神疾患を侮蔑する他人と何の変わりもない。義之の存在を無視したやり方に光男は腹が立った。だが、その言い方が兄を怒らせた。

「滝田滝田って言うけど、何様だい。この世の中で頼りになるのは親兄姉《きょうだい》だぞ」

崇子が負担に思われたとき、両親も兄姉も何もしてくれなかったじゃないかという思いが甦った。血のつながった家族よりも元は他人だった兄嫁の方が、親身になってくれた。

「そんなこと言ったって、他人の方が頼りになることだってある」

「なに！　ああそうかい。それなら滝田様を頼って生きたらいいだろ。俺は知らんぞ。他人が何してくれるって言うんだ」

「何もしてくれないかもしれない。だけど、何もしないで文句だけを言ったりはしないさ」

兄は怒って帰って行った。興奮を鎮めようと窓の外を見た光男の目に、ガラスに映る義之の顔が見えた。光男をじっと見つめている。心配かけてしまった、謝ろうと思って振り返ると、さっと目を逸らした。その時、滝田の言葉が思い出された。

（彼は最初は異常なふりをしていただけじゃないのか？　何かから逃げたい。そう思っていたような気がするんだ）

もしかして俺？　何かとは母親の崇子じゃなかったのか？

まもなく安西の父が死に、光男は遺産の相続を放棄した。その書類を持って来た兄が、サインをして判子を押してから言った。

「放棄してもらって助かったよ。それで、お前が義之の面倒を見る意味がわかってきた」

「え？」

「遺産が目当てだったんだろう？　うまいことやったじゃないか。一体どれくらいあったんだ？」

光男は義之の前で兄から侮辱されたような気がした。

「そんなにないよ。遺産の半分は義之が相続したし。俺は孝の分の財産管理人になっただけだから」

「無理すんなよ」

兄は下卑た笑いを浮かべながら帰って行った。玄関先の兄の背中を見ていた視線を室内に移すと、義之がさっと目を逸らした。やっぱり彼の逃げたい何かとは、俺？ 光男は愕然とした。崇子と義之が運命共同体と思っていたが、もしかしたら自分と義之が一蓮托生だったのではないか。光男はあの日を思い出していた。


祭見物に行くとき、光男は義之と孝を連れて日光線に乗り、鹿沼まで行った。そこからバスに乗って宇都宮まで戻り、バスを乗り換えて祭の会場まで行った。その時、孝が不思議そうに光男の顔を見た。なぜ遠回りをするのと言いたげだった。

「電車に乗りたいって言ってただろう？ だから遠回りしたんだよ」

孝は黙ってうなずくと、その後は何も言わなかった。以前孝が迷子になったときがあったが、あの時光男は義之に囁いた。

「置いてっちゃおうか」

義之は面白がってうなずいた。二人は物陰に隠れて、必死に捜し回る孝を置いて帰ってきた。だが、孝は自分の姓名と住所を言って戻ってきてしまった。光男は孝という存在に心を乱される義之に同情しただけだった。孝本人には何の思いもない。いなくなってくれればいいとだけ思っていた。今思えばばかばかしいことだが、祭見物に遠回りして行く理由は、孝に道を覚えられないようにするためだった。だが、孝は気づいた。気づいても何も言わなかった。採用試験のために日光線に乗って鹿沼を通過したとき、義之はそれを思い出したのかもしれない。

祭の最中に孝がトイレに行きたいと言い出したとき、光男は義之に目配せをして小遣いを渡した。

「もっと何か食べてていいけど、ここを動くなよ。孝をトイレに連れて行くからな」

「叔父さん、僕一人でトイレに行けるよ」

「だめだよ。どこにトイレがあるかわからないじゃないか。それに、知らないところだから何かあると困るんだよ」

一人で行けると言う孝を連れて公衆トイレに行った。そして一人で戻ったとき、義之は目を丸くしていた。警察に届け、懸命に孝を捜そうとする光男の傍で、義之は黙っていた。叔父が孝を置き去りにしたと思っていたのだろう。いや、トイレから一人で戻ってきたのだし、以前と違って警察にも届けているのだから、あの短い時間に孝を永遠に戻れない状況にしたとでも思っていたのだろう。それは、あのときにも感じていた。しかし、ずっと忘れていたのだった。義之は、孝を殺したかもしれない叔父と、まさに一蓮托生、共犯者だった。その後、孝は帰らなかった。叔父はいつも傍にいる。これは地獄の責め苦だったことだろう。罪悪感と、いつも見張られているという緊張感、それは義之のストレスになったはずだ。打ち明ければ自分と叔父がやったことを周囲に知られてしまう。両親からどんな仕打ちを受けるか。秘密を暴露したことで叔父から何をされるか。そういう人だとは思えないが、あるいは殺されるかもしれない。そうした強烈なストレスを抱えて義之は生きてきたのだ。光男は彼のために傍にいてやらなければと思っていたが、彼にとっては逃げられない檻の中でいつも監視されているように感じられたのだろうと考えて、愕然とした。辛かったのは自分だけではなかったのだ。

あの日の前に、光男はサイトで何でも引き受けるという男たちを知り、コンタクトを取った。何でもよかった。ただ、義之の前から孝を消せればよかったのだ。打ち合わせをして百万円を払い、あの夜を迎えた。孝を公衆トイレに連れて行く。その時掠ってくれと依頼した。どこか遠く、戻れないところに捨ててきてくれという依頼に男たちは顔を見合わせて笑った。その意味は後でわかったのだが、その時は頭がいっぱいで気づかなかった。ともかく電気を消して、また点けに戻る、それが合図だった。トイレを背にして立ち、光男は中に潜んでいた男が、大きなリュックを背負って闇に消えるのを見た。小柄な孝が入る大きさだった。その後、光男はしばらくしてトイレ内に入り、孝がいないと騒ぎ出した。わざとらしく騒ぎながら、心が少し痛んだ。

孝が消えて半月ほど経った頃、男が光男の前に姿を現した。あれだけじゃ足りないから、もっと金を寄こせと言うのだった。孝をどうしたかと聞くと、川に沈めたと言う。光男は殺してくれとは言わなかったと言った。

「あんた、ばかか？　あの年で名前も住所も言えるんだ。遠くに捨てたって戻ってくるに決まってるだろ？　だから、殺せと言ってるんだと思ったんだよ。とにかくさぁ、ご希望通りにしてやったんだから、金を寄こせよ」

光男は今用意できるのは五万だけだと言って渡した。だが、男たちは代わる代わる何度でも来る。このままではいけないと思って、光男は男に言った。

「川に沈めたと言うなら、どこの川か教えろよ。そしたら一緒に警察に行こうじゃないか。俺はもう、どうなったって構わない。覚悟はできてる」

男はチェッと舌打ちして帰って行った。幸いに、その後は来なかったが光男は県内の川を調べた。可能性のある川に行っては、岸辺で茫然と時を過ごすようになっていた。

――可能性のある川なんて本当はわかりゃしないんだ。あいつらの行動範囲もわかっていないんだから。

ちらちらと光る川面を見ていると、流れの淀んでいる蘆の生えている辺りに、水に沈む孝の幻が見える。たゆたう水は柘榴色だ。たった一人で暴力的に死なせてしまった。可哀想なことをした。自分の罪を感じて後悔する目の前で、姉の崇子は深紅の薔薇の花びらをガラスの器に沈めて柘榴色にする。それで光男は気分が悪くなった。誰にも言えない秘密を目の前に曝されている気がしたのだ。柘榴色の水を見るたび、お前が孝を殺した、お前が殺したんだと責められるように感じた。これから自分は孝を殺した罪を一生背負って生きなければならない。誰にも打ち明けられずに。そう思っていた。その間、義之の苦悩に気づいていなかった。自分の苦悩に固執している間は、自分以外の人間の苦悩に気づかない。

光男は今でも時々柘榴色の水を見る。姉を自殺という形で失った今では、そこに浮かぶのは自分の姿だ。義之を支えてきたつもりの自分は、彼を守るという形で罪悪感から逃げてきただけなのだ。言うならば、自分は義之に支えられて生きてきた。だが、義之にはそういう逃げ道はなかった。秘密を共有する叔父を庇おうとして苦悩を心の奥にしまい込んできた。そこから解放してやらなければ、義之は永遠に救われない。自分だけが苦しんできたと思うのは、もうやめよう。自分が乗ってきたのは、乗員二人の心がばらばらの一艘の小舟だ。だが、敵味方ではない。それぞれにお互いを思い遣って乗った小舟だったのだ。お互いの気持ちを確認できれば、それは泥舟ではない。

鉄の舟とは言えないが、少なくとも木の舟にはなる。これから二人で木の舟に乗って新たな人生を歩むのだ。それには義之の誤解を解かなければならない。孝を殺したことに変わりはないが、故意ではなかった。打ち明けて許しを乞おうと思った。

今度のカウンセリングには立ち会おうと決心した。もう他人である医師に知られてもいい、自分の罪を告白しよう。それが孝や義之への償いになるだろうと思った。

「なぁ、義之、今度のカウンセリングには俺も立ち会おうと思うんだ。いいかな？」

義之は、ちらっと光男の顔を見た。

「どうして？」

「今度で終わりにしようと思うんだ。お前さえよければ」

「ふうん。いいよ。でも、仕事はどうするの？」

「仕事は休むさ」

辞めたっていいと思っていた。光男の決意など何も知らない義之は、あっさりと承諾した。光男は気持ちを引き締めた。今度で本当に終わりにする。自分が知らないうちに義之に背負わせてしまった重荷を下ろしてやるのだ。そして柘榴色の水の幻から自分を解放しようとも思った。自分のためではない。それは孝の魂を、閉じ込めた溺死の幻想から解放することになると考えたからだ。幻想の中に中途半端な状態に置くのではなく、この世から逝った人間として改めて法要を営んでやろうと思った。

カウンセリングの日、不測の事態を避けるためにいつもは担当医と看護師二人、あるいは非常勤の医師一人と看護師一人が付くのだが、その日は担当医と看護師一人だけだった。光男はこういう機会が偶然に与えられたのだと思っていた。看護職員としての立場上、一般の患者とは違うのだろう。これで、少なくとも一人だけには光男が告白する罪を聞かれないで済む。やはり、罪を告白するのには抵抗があるので、助かったと思った。まず、いつもの通り義之だけが診察室に入り、光男は廊下のソファーに坐って待った。一通り話が終わったら、診察室に入るように促されるだろう。そうしたら、罪を告白して義之と自分の心を一つにするのだと思い、緊張していた。柘榴色の水が揺れている。しかし、この後、思いがけない展開が、その水の幻を消し去ることになろうとは思ってもいなかった。

琥珀色の記憶

選ばれた記憶

（一）

弟はいつも、露を帯びた稲葉の上に顔を見せて、笑いながら手を振ります。琥珀色の光の中で。声は聞こえませんが、「兄ちゃん」と言っているのが、唇の動きでわかります。

ぼくは配水場のある山、通称水道山で遊ぶのが好きでした。大学附属の小学校に通っていましたので、家に帰っても周囲に友達はいません。遊ぶときはいつも一人でした。時々弟を連れてくることはありましたが、その日は、母と昼寝をするだろうと思ったので誘いませんでしたから、ぼく一人でした。その山は、あまり人が来ない所で、誰にも邪魔されずに遊ぶことができました。虫を捕ったり、化石があるという崖を調べたり、遊びには事欠きませんでした。その日は夏休みでしたから、十時頃に家を出て、いつものように日光街道から東の細い道に入り、T字路を左に折れて……右に行ってしまうと田んぼの間を通る迷路のようになっていて、なかなか山に辿り着けないのです……青々とした田んぼを両脇に見ながら三つの橋を渡り、誰もいない山で思う存分遊びました。

来る途中で、すでに入道雲がむくむくとわき起こり勢力を拡げていたのですが、すっかり忘れていました。急にさぁーっと風が吹き、木々がざわつきます。見上げると空はいつの間にか黒い雲に覆われていました。地平線近くの空は不気味に黄色く見え、ぞっとしました。下りようかどうしようかと迷っている間に雨が降り、雷も鳴り出しました。配水場の車庫で雨宿りを二時間ほどしたでしょうか、みるみる黒い雲が消えてまぶしいくらいの青空が見えてきました。蝉も一斉に鳴きだしました。

ぼくは、ほっとして歩き始めましたが、化石の崖はどうなっているだろうかと思いました。きっと今の雨で濡れて割れやすくなっているだろう。そうしたら化石が見つけられるかもしれないと思いました。でも、突然の雨を吸収しきれずに、崖に向かう通路は川のようになっていたので、諦めて長い石段をゆっくりと下り始めました。時折立ち止まって田園風景を眺めながら。雨に洗い流された大気が、何もかも輝かせていました。下りるにしたがって、成長した稲の葉の草いきれが感じられました……来るときにはわからなかった稲の穂も見えました……湿った土の匂い。今でもはっきりと感じられるくらいです。

一つ目の橋、いつもはここからザリガニを捕るのですが、のぞきこむと橋のすぐ下を濁った水が流れていて、怖いくらいでした。もうすぐ二つ目の橋にさしかかろうとするころ、左手の田んぼの向こうから、頭の部分だけを見せて歩いてくる子どもがいるのに気づきました。川と田んぼの間の小道を歩いているのです。弟でした。ぼくは驚きました。思いがけない方角だったばかりではありません。二、三度連れて来ただけの幼い弟が、たった一人でこんなところまで来るなんて。おそらくぼくの姿を捜して見つからないので、いつも遊んでいる水道山と見当をつけて来たのだと思います。それでも、多分T字路を間違えて右に進んだのでしょう。やっとぼくに出会えたうれしさからか、にこにこ笑いながら走ってきて、ぼくに抱きつきました。びっしょり濡れていましたから、雨が降る前に家を出たのでしょうか。ぼくの長靴を履いて走りにくそうにしていました。

弟の笑顔を見て、気持ちが落ち着きました。

さっきの激しい雷雨のときに感じた不安から、幼い弟がぼくを解放してくれたのです。二つ目の橋の傍に何かを見つけ、弟は走って戻りました。

「お兄ちゃん、きれいなお花だよ」

橋のたもとの白い花に弟は心を奪われたのです。トラノオです。尾のような形状の白い花は群生していると、それは見事です。ぼくは笑いながら弟の傍に近寄りました。ふと気づくと、弟の足元に水が見えました。草の下を水が流れているのです。どきっとしました。この川もいつもと様子が変わっていました。雷雨で一気に増水した川は、泥を巻き込み岸辺の草を根こそぎむしり取って流してゆくのです。危険を感じて弟の手をつかみかけたときは、もう遅かったのです。弟は不安定な姿勢でトラノオに手を伸ばしていました。

足に合わない大きな長靴で体のバランスを崩し、あっという間もなく弟は川の中に滑り落ちました。長靴の片方だけを残して。ぼくは走りました。岸沿いの道を走ったのです。速い流れの中に浮き沈みする弟の姿が見えます。苦しそうに目を閉じてもがいて。でも、流れはぼくの走る速度よりも速かったのです。濡れた草に足を取られてぼくは転びました。起き上がったときは、もう弟の姿は見えませんでした。

周囲を見回しましたが、田んぼばかり。人影は見えません。ぼくは母に知らせることばかりを考えていました。そこから家まで走ったのです。途中、泥だらけの姿で必死に走るぼくを何事かと見る人たちがいたのに、その人たちに助けを求めるという考えは浮かびませんでした。家に帰り着いて知らせたときの母の顔は……、忘れられません。

捜索に警察や消防団の人々が集まり、すっかりいつもの水位に戻った川に舟が浮かべられました。小舟でもやっとの川幅なので、岸沿いに歩く人々が長い竹竿を川底に突き立てます。弟に当たったら痛いだろうとぼくは思いました。当てるための作業なのに。ぼくが弟の姿を最後に見た場所から捜索は始まり、下流へと進んで行きましたが、弟は見つかりません。川の下流に柵があるというので、そこまでの区間に絞っての捜索でした。濁流に区間なんてなかったのに、大人でさえ、それに気づきませんでした。

捜索は続き夕闇の中、投光器が用意されました。その発動機のドッドッドッドッという音が腹や心に不快に響きました。父が駆けつけたとき、やっと遺体が見つかりました。暴れ川として知られた釜川の支流が一つになる辺りの柵を越えて、さらに下流まで流されて沈んでいたのです。あの日、釜川の水源辺りの野沢町でも激しい雷雨で、一メートル先が見えないくらいだったそうです。弟が柵を越えてその先まで流されるほどの急な増水だったのです。消防団の人に抱き抱えられた弟は、シャツも着ていませんでしたし、半ズボンもはいていませんでした。濁流に揉まれて何もかもはぎ取られて裸になっていたのです。毛布にくるまれた弟は草を握り締めていました。川に滑り落ちるときに、必死になって岸の草をつかんだのでしょう。草は弟の体をつなぎ止めるほどの力を持ってはいなかったのに。

母は涙を流しましたが、声を上げることはありませんでした。弟の遺体を抱き締めて濡れた草の上に坐り込むと、自分の体を前後に揺すり、ときどき天を仰いでは口をわずかに開けるのです。息を小刻みに吐いて吐いて、苦しくなると、すうっーと息を深く吸い込みます。その後、口からは、アアーと声にならない声が漏れました。父もぼくも母の悲しみが、ぼくたち以上に深いと感じたのですが、なんと言葉をかけたらいいのかわかりませんでした。ぼくたちは立ち尽くしました。周囲に立っている人々の中からすすり泣きの声が聞こえます。そして誰かの声が聞こえました。

「すぐに近くの家に飛び込んでれば、助かったかもしんねえのによぉ」

悪気はなかったのはわかってます。幼い命を助けることができなかった悔しさから出た言葉でしょう。でも、その言葉は、ぼくの心を突き刺しました。どうして近くの人に助けを求めなかったのかと悔やんでいたところでしたから。普段はわかることでも、冷静さを欠くと判断を誤るということでしょうか。自分が許せませんでした。

「弟さんが笑っていたときは、眩しいくらいに晴れていたんですよねぇ。それに琥珀色の光って、寒い季節の夕方というイメージがありますけどね」

――え？

関根義之は、我に返った。彼は診察室でカウンセラーの佐々木と話をしていたのだった。もう何度同じ話を繰り返しただろう。入退院を繰り返し、その度に同じ話をしてきた。彼を苦しみから解放しようと、多くの医師が話を我慢強く聞いてくれた。だが、精神の病から解放はされなかった。医師たちの言う「あなたのせいではない、あなたが悪いのではない」という言葉は、かえって彼を心の、狭い空間に閉じ込めた。しかし、今度の医師は違う。無理矢理「あなたのせいではない」という言葉で社会に引き戻そうとはしなかった。何回も何回も、ただじっと聞いて義之の心に寄り添ってくれた。それが彼の心を安定させる。徐々に彼は社会に戻ろうとしていた。

「え？　なんですか？」

「弟さんが笑っていたときは眩しいくらいに晴れていたのに、琥珀色の光というのは変じゃありませんか」

「ええ、そうなんです。どうして琥珀色なのか、自分でも変だと思うんですが」

「それからねぇ、弟さんは背が高かったんですか？」

「いや、低いほうでしたよ」

——どうしてそんな質問をするんだ？

「夏には稲の葉がかなり伸びているんじゃないかと思うんですよ、それなのに顔が見えたんですか。この間その場所に行ってみたんですけど、すっかり変わってしまって、でも、近所の人に話が聞けたんですが、あそこは土を高く盛って田んぼを作ってたって言うんですよ」

――そう言われりゃそうだが、どうして見えたんだろう？　何が言いたいんだ、この先生は。

首を傾げて考え込むふりをしていると、佐々木が言った。

「弟さんは一人でした？」

義之は、はっとした。一人？　一人じゃなかった。……でも、忘れたかったんだ。

途端に彼の記憶の中の弟の笑顔は変化しはじめ、もう一人の弟、孝の顔になっていった。そう、孝は義之を「兄ちゃん」と呼んでいたのだ。溺死した崇之は、「お兄ちゃん」だった。義之は、二人の弟を一人にまとめて記憶していたことに気づいた。なぜ？

あの崇之の死に顔と母の悲しみが、彼を幸せから遠ざける。同時にそれ以上の忌まわしさを感じさせる孝の記憶が彼に幸せになってはいけないと思わせる。孝に対する罪の意識を、より軽い崇之に対する罪の意識の記憶で隠そうとしていたのだ。

——何人もの先生が話を聞いてくれた。けど、それでぼくは苦しみから解放されなかった。なぜ？　ぼくが、孝を殺したぼくを許さないからだ。

「そうです、先生。もう一人弟がいました。両親が崇之の代わりにと養子に迎えた孝です。どうして今まで思い出さなかったんでしょう」

「思い出したくないことってありますよ。でも、思い出すことがあなたを苦しみから解放するってこともあるんですよ。辛くても、ここを乗り切りましょうね」

琥珀色の光は、見る間にセピア色に変わっていった。

（二）

義之の記憶はあの夏の日に戻っていった。崇之が死んだ後しばらくの間、母は何をする気力も失せてしまったかのように見えた。炊事の後、洗濯の後、深いため息を吐いては、ぼんやりと外を見て考え込んでいた。時折、頬を涙が伝っているのを見た。義之は早く元の母に戻ってほしいと何度思ったことだろう。だから母が笑顔を見せ始めたとき、正直、ほっとした。母の笑顔を奪ったのは自分だ、という思いが彼を苛んでいたから。だが、それは、新しい苦しみの始まりだった。

義之が五年生のころ、両親が養子を迎えたいと言い出した。家族の問題だから彼の意見も聞かなければと言うのだ。彼は母が幸せになるならいいと言った。母は笑顔を見せた。息子が拒否しないとわかると両親は、いそいそと出歩くことが多くなった。あちこちに行って、条件に合った子を探していたようだ。つまり、義之よりも年下で、できれば小学校に入学する前の男の子を。小学校に入学する前にこだわったのは、母が崇之の入学を楽しみにしていたからだ。まだ夏だというのに、すっかり入学の準備を終えていた母は、そんなに早くから準備をするから子どもが死ぬんだという心ない言葉に傷ついていた。準備したものをそっくりその子に与え、やり直しをしたかったのだ。

やっと見つかったと言って連れてきた子は、無口な暗い感じの子だった。児童養護施設にいたのだが、親が行方不明だという。なにも、そんな不幸を背負った子をもらわなくたっていいのに。義之は正直、気に入らなかった。母が気に入ったのは、名前だった……と思っている。崇之の代わりに孝。呼ぶときは「たかちゃん」。以前と同じ家族構成ででもあるかのような錯覚を起こさせた。

母は崇之以上に孝をかわいがった。もう、決して手放さないと思っているかのように。だが、義之にはそれが不愉快だった。崇之が生きているときは感じなかった思いが、首をもたげてきた。母は自分よりも弟の方がかわいいんじゃないか。義之は次第に孝に嫌悪感を抱くようになった。どうしたって崇之の代わりはできない。崇之はかわいかった、美しかった、明るかった。そんな子の代わりが誰にできる？　できはしない。それに、孝は右の耳が不自由だった。いや、障害者だから差別するってことではない。ほんの少しでも崇之と違ったところがあるのが許せなかった……。それなら、と、両親は補聴器を買い与えた。でも、補聴器で聞こえるようになったって崇之の代わりはできない。それが両親にはわからなかった。

もしかして、崇之を見殺しにした自分を憎んでいるのじゃないか。母は常々「義之はお父さんの子、崇之はお母さんの子、崇之が死んだりしたら私は生きていけない」と言っていたのだから、傍に付いていながら弟を溺死させた自分を恨んでいるのではないか。とりとめのないことを考えては眠れない夜を過ごして、そして……おかしくなった。そんな時、頼りになったのは叔父だった。叔父は今、待合室で待っている。

黙ったままの義之に佐々木が言った。

「辛いなら、今日はやめましょうか？」

「いいんです。思い出したんです。ぼくは孝を殺してしまいたいと思いました。懐いてくればくるほど、狂ってしまいそうなくらい嫌いました。なんで崇之があんな事故で死んで、こんな奴が両親の愛を独り占めするんだと思うと憎さも増しました。叔父にそれを打ち明けると、黙ってぼくの肩を抱いてくれました。両親に意見もしてくれました。ぼくの了解を得たはずなのにと戸惑った表情の両親は、それからぼくに優しくなったのですが、腫れ物に触るようなその態度に、ぼくはかえって傷つきました……やっぱり今日はやめたいんですが」

「いいでしょう。今度また予約を取ってください。私は来週は学会でいませんから、二週間後にしてください」

「待ってください。やっぱり、今日にします。今日で終わりにできるかもしれませんから。ぼくは、ぼくは……悪い人間です。先生、ぼくの話を聞いてくれますか？」

「もちろんです。秘密は守りますから、安心して話してください」

「でも、叔父を呼んでくれませんか？　待合室にいるはずですから。叔父の前で話したいのです」

看護師が叔父を呼びに診察室を出ると、義之はふうっとため息をついた。叔父が入室するまでのわずかな時間に、再び過去が甦った。

中学校では、いじめに遭った。義之が不登校だったことや、父の死の真相を知っている同級生が「不登校」「人殺しの子」と言ってからかう。それで叔父に聞いた。「お父さんは『人殺し』なの？　事故で死んだんじゃなかったの？」と。叔父は、「事故で死んだんだよ。だけど、お父さんの過失で相手の人が死んじゃったから、人殺しと言われるのかもしれないね」と答えた。だけど、それでも「人殺しの子」と言われて我慢するにも限度があった。義之はまた入院した。母と叔父が転校の手続きをしてくれて、何とかなったのだが、高校に入学しても、またみんなに付いていけなくなってふさぎこんだ。

——みんなあいつのせいだ。あいつがぼくらに不幸を運んできたんだ。

新しい環境に慣れない不満を孝のせいにして、また入院した。その頃から、孝の記憶を崇之の溺死の記憶に擦り込んだのだろうと思う。再び高校生活に戻ったが、三年の秋に再び入院するようになり、出席日数が大幅に不足するので、留年か退学をと迫られると、ヒステリックに退学を選び、その後は家に引きこもってしまった。

入退院を繰り返している間に、今度は母が自殺して、義之には叔父だけが残された。

両親が残してくれた財産は、叔父が誠意をもって管理してくれている。それだけではなく、結婚もしないでひたすら働いて面倒を見てくれる。義之は孝の失踪について、叔父と秘密を共有していると思っている。その叔父が、義之の現状に心を痛めているのはわかっているつもりだった。だが、彼は、このままの方がよかった。それが彼の償いの仕方なのだから。

しかし、いつまでも入退院を繰り返しているわけにはいかないと、病院の先生たちは考えているようだと義之は思った。社会がどう変わったかなどということは、わからない。ただ、以前はいつでも受け入れてくれていたのに、最近は入院させたがらないので、そう思っただけだ。時には就職の話もしてくる。だが、義之もまもなく三十七歳になる。こんな年になって就職したこともない自分に何ができるというのだ。求人案内を見て面接に行っても、高校を中退した後の学歴がない、職歴もない履歴書では、書類審査の段階で落とされるだろうと思って、いくつかの経歴を書き並べた。しかし、馬鹿にしたように「君、ちゃんと話せる？」などと聞いてくる。かと思うと、にやーっと笑って軽蔑の表情を浮かべる。服装が普通じゃないなどと批判するが、実は、引きこもりらしいという思い込みのもとに自分を判断しているようだ。嫌なものだが、義之は、こうして生きてきた自分のせいだと思って、相手を恨んだりはしない。みんな自分が悪いのだ。精神科の先生は言う。「あなたが悪いのではない」。

――利いた風なことを言わないでくれ。誰のせいでもない。みんなぼくが悪いんだ。

叔父の安西光男が診察室に入ってきた。安西に向かって佐々木が言う。

「亡くなった弟さんは二人だったのですね。さっき、孝さんと崇之さんの記憶が分離されたようです。それで、これから叔父さん立ち会いの下に話をしたいと義之さんがおっしゃるので、お呼びしました。よろしいでしょうか？」

安西は心配そうに義之を見た。急激な意識の変化が、彼の病状を悪化させるのではないかと恐れたのだ。だが、義之は笑って安西を見つめた。その目は正常に真剣だということを訴えていた。

（三）

安西は看護師から診察室に入るよう促されたとき、遂にその時が来たと感じた。自分も義之も長い間、共有する秘密のために苦しんできた。故意の殺人ですら時効があったのに、それ以上の歳月を苦しみぬいたのだ。自分は時効だと開き直るつもりはない。あの時……二十七年前に、姉と義兄に告白しようと思っていた。だが、自分が告白すれば義之はどうなる？　罪はなかったと言っても、姉夫婦は納得しただろうか？

義之が言う。

「叔父さん、ぼく、孝のことを思い出したんです。あのことを話そうと思うんだけど、いいですか？」

「もちろん。私もこの機会を待っていたんだから」

義之の話に佐々木は耳を傾けた。

「今まで誰にも話したことがないのですが、ぼくは叔父に頼みました。前に置き去りにしたように、孝をどこかへ捨ててきてほしいと。

――僕はあの時、叔父さんと兄さんがどこかへ行く後ろ姿を見ていたんだ。トイレかなと思った。だけどいつまで経っても帰ってこないから置き去りにされたことに気がついた。嫌われているのかな？　わからないから、親切な人に交番に連れて行かれて名前と住所を聞かれたときに、ちゃんと答えたんだ。家に帰ったときの二人の顔には、お前が嫌いだ、帰って来るなと書いてあった。

置き去りにしたときには孝が名前も住所も告げて、戻ってきてしまったものですから、今度は、一人では帰れないような遠いところへ捨ててほしい。考え込んでいた叔父は、しばらく姿を見せませんでした。それはそうでしょう、あんなことを頼んだんですから。ぼくは叔父に嫌われたと思って後悔しました。

数ヶ月経ったある日、両親が旅行に行くことになりました。会社に大きな貢献をしたとかで、ご褒美の旅行が計画されたのですが、断る理由もなく夫婦で参加することになったのです。その間、留守を頼まれたのは叔父でした。両親が出かけると叔父とぼくと孝の三人になりました。叔父は圧し殺した声であれを実行しようと言い出しました。ぼくは緊張しました。もちろん言い出したのはぼくです。でも、実行するとなると……。叔父は何度も、本当にいいのかと念を押しました。そのたびにぼくの意志は固くなっていったのです。この時以外にチャンスはないと思いました。叔父とぼくは夕方、孝を祭見物に連れ出しました。まず電車に乗って、それからバスに乗り換えて見知らぬ停留所で降りて、そこから稲を刈り取った田んぼを左右に見て歩きました。

——僕はあの時、叔父さんがわざと遠回りをしているのに気づいた。電車に乗りたいって言ってただろう？　って言ったけど、そうじゃないって気づいた。また置き去りにされるだろう。それなら僕は口を閉ざそう。そしてどこか遠くに行ってしまおう。死んでしまってもいいと思っていたんだ。

何も知らない孝は、ぼくたちの前を早足で歩いては振り返り、笑って手を振るのです。「兄ちゃん」。そう、琥珀色の光の中で。

二十分ほど歩いたでしょうか、宵闇が辺りを包み、ぼくらは祭の賑わいの中を歩きました。母は祭など行かなくてもいいと言って連れて行ってはくれませんでしたから、露店に気を取られました。叔父がお小遣いをくれて、何を買って食べてもいいと言ってくれたのですから、ぼくは夢中になりました。その時、孝がトイレに行きたいと言い出したのです。叔父は僕に目配せをしました。ぼくは、叔父が孝を捨てに行くのだと思っていました。ずいぶん時間が経って、叔父が闇の中から姿を現して、ぼくの腕をつかむと、どんどん歩いていきます。腕が痛いくらいでした。途中で露店の人に聞くのです。これくらいの背丈のこんな服装の男の子を見かけなかったかと。孝が迷子になったと偽装しようとしたのでしょう。

硬い表情で叔父の後を付いて回ったぼくは、不思議に思いました。あんな短い時間で、帰ってこられないような場所に孝を捨てられるものだろうか。もしかしたら……でも、叔父の服に何か付いているというのでもありません。手もきれいでした。その

うちにぼくは、露店の発動機の音が妙に気になってきました。ドッドッドッドッとい
う腹に響く音がぼくの意識を暗い川べりへと誘うのです。崇之を失ったあの川べりへ。
母が祭に連れて行ってくれない理由がわかったような気がしました。

警察に捜索願いを出して、ぼくらは落ち着かない気持ちで家に帰りました。叔父は
ぼくと目を合わせずに、むっつりと押し黙ったまま玄関と部屋の明かりを付けて、椅
子に坐りました。孝が帰ってくるのを一晩中待っていたと思わせるためです。おまえ
は寝ろと言われましたが、眠れません。そのまま朝を迎えたと思っていたのですが、
途中で眠り込んだのでしょう。気づくと、叔父の声がします。

叔父は何軒かの家に電話をしているのです。昨夜祭を見に行ったが、孝が途中では
ぐれてしまって見つからない。もしかしてそちらに連絡などあったかと。そして帰宅
した両親に話しました。両親はぼくの顔を見たのですが、何も言いませんでした。そ
れが、かえって責められているように感じられたのです。

ぼくと叔父は、秘密を共有しました。ぼくは、孝がいなくなれば長い不快な思いか
ら解放されると思っていました。でも、そうじゃありませんでした。ぼくは孝を捨て

た罪悪感から外に出られなくなりました。誰かがぼくの心の中をのぞくような気がして不安になるのです。そして、それ以上に辛かったのは、母が食事を取らなくなって衰弱していったことです。ぼくは、母の生きがいを奪ってしまったことに気づきました。でも謝ろうという気は起きませんでした。かえって、それほどに孝を愛していたのかと思うと不愉快だったのです。ぼくよりも養子のほうが大切なのかと。

　父も心労から痩せ細っていきました。そうですよね、母は衰弱し、ぼくは引きこもり、弟……孝は行方不明なのですから。ぼくが引きこもるようになってから、人との交際も減りました。家から離れても気になり、家に人を招待しても気になって、そんなんじゃ、うまくいくはずがありません。そう、みんなぼくが悪いんです。自分の勝手な考えからみんなを不幸にしてしまったのです」

「事情はわかりましたが、もう、終わりにしましょう。弟さんがどうなったかはわかりませんが、たとえ不幸にして亡くなっていたとしても、もうあなたの罪は誰も問えないでしょう。すでに以前の法律で時効は成立していますから、捨てただけでこんなに長い間苦しむことはないんです」

佐々木は「殺人の」とは言わなかった。義之と安西が同時に佐々木の眼を見た。

「大丈夫、きっと誰かに拾われて大人になっていますよ」

「そうでしょうか、そうだといいんですが」

「あなたが、罪の意識から解放されないかぎり、叔父さんも救われないんじゃありませんか？　あなたを思ってこれたことをやってくれた叔父さんを、これ以上苦しめちゃいけませんよ。あなたが入院するほどの症状ではないから言うんですけどね。おわかりですよね」

「はい。逃げたかったんですよね。両親や叔父の苦しみの表情から。その一方で孝が不幸を運んできたんだという思いも……」

急に義之が押し黙った。安西はぎょっとした。義之が何かに気づいたのだ。

――今までの担当医は弟が二人いるということに気づかなかった。なのにこの先生は、なんで気づいたんだ？　両親が話した？　違う。この先生に会ったのは、両親が死んでからだ。それじゃ、叔父さんが話した？

黙って佐々木を見つめる義之と、安西の微妙な表情に気づいた佐々木が声をかけようとしたとき、診察室のドアがノックされて、その場の緊迫した空気が中断された。

返事をして看護師がドアを開け、何かを外部の人と話した後戻って来て言った。

「先生、前の患者さんが、忘れ物をしたので取りに来たとおっしゃるんですが……」

「あ、わかりました。ちょっと待ってください。多分これでしょう。さっきお預かりしたのです」

立ち上がり、後ろの棚の何かを取ろうとして振り返った佐々木は、安西と義之のほうに右の顔を見せた。耳にイヤホンが見えた。いや、イヤホンじゃない。補聴器？

（四）

義之は、そのとき気がついた。今まで話を聞くときに佐々木は、一度も、そう、たった一度も右の顔を見せたことはなかったのだ。

——今までぼくの話を聞くときに先生は、一度も右の顔を見せなかった。右の耳に補聴器……。孝？　そんなはずはない。でも、年齢から考えると孝であっても不思議はない。「誰かに拾われて大人になっていますよ」と言うのは、そういう意味だったんだ。ぼくは、もう何が何だかわからなくなった。ぼくの心に琥珀色の光はなく、セピア色の光さえ見えなくなった。漆黒の世界。ぼくの表情に気づいた先生が、ぼくの名前を呼んでいる。でも、ぼくは頭に血が上るのを感じ、頭のてっぺんで、いや至るところで毛細血管が破裂するんじゃないかと思った。もうわからない、何もわからない。ぼくは罪の意識を琥珀色の記憶の中に隠していたんだ。それで精神の安定を保っていた。それを剔り出したこの男は、孝に違いない。孝に復讐されているんだ。よりによって当の本人にぼくたちがやったことを告白してしまった。もうだめだ、何もかもおしまいだ。


佐々木は、すぐに義之の異変に気づいた。何が起きた？　結論を急ぎすぎたかと思った。

「関根さん、関根さん、大丈夫ですか？」

返事はない。かーっと赤くなった後、一気に青ざめた義之は蒼白な顔を左右に小刻みに震わせた。肩に置こうとした佐々木の手を振り払い、義之は診察室を飛び出した。

佐々木と安西は後を追った。運悪くすぐに開いたエレベーターに義之が走り込んだ。入ろうとする佐々木を力ずくで押し戻したところで、ドアが閉まった。上の階に動いている。佐々木は階段を上ろうとして看護師に言った。

「屋上の鍵は掛かっているよね」

「いいえ、先生、今日はアンテナの工事で開いてます！」

「え！　ウレタンでもマットでも何でもいい、下に用意してくれ！」

「下って言っても、どこに」

「中庭だ！　早く！　頼む！」

安西と一緒に階段を駈け上がると、義之は屋上に通じるドアのノブに手をかけるところだった。

「関根さん！　どこへ行くんです。戻ってください」

義之は佐々木の顔を見ると急いでドアを開け、屋上に出た。アンテナ工事の作業員たちが顔を見合わせて不思議そうな顔をする。義之が逃げる、佐々木と安西が追う。屋上を逃げ回った挙げ句、逃げ場を失った義之は鉄柵をまたいで、外壁とのわずかな空間に立った。

「来るな！」

「関根さん、戻ってください。話はいつでもいいんです。今日はやめましょう」

「嫌だ！　おまえは孝だろう。おまえなんかにぼくの気持ちがわかってたまるか。復讐されるくらいなら死んだほうがましだ」

安西の表情が硬張った。その視線を感じながら佐々木が言った。

「なに言ってるんですか、私は佐々木です、佐々木浩一です。孝くんじゃありません」

「嘘だ、じゃあ、その補聴器はなんだ」

「補聴器じゃありません。ほら、心を静かにするために音楽を聴いていたんです。BGMとして」

佐々木は診察衣のポケットからイヤホンを出して見せ、すぐにしまった。

――勘違い？

義之の顔から一瞬緊張が消えた。

「戻ってください。話は後にしましょう」

義之が、ちらと下を見た。佐々木は危険を感じて鉄柵越しに義之の手をつかんだ。

老朽化している鉄柵が、きしんだ。

「お願いですから戻ってください」

「頼む、戻ってくれ！　おれを独りにしないでくれ！」

安西の悲痛な叫びに驚いて手の力を抜いた義之が足を滑らせた。佐々木の腕に彼の全体重がかかった。腕が痺れる。横から鉄柵をまたぐ者がいる。作業員だった。義之の手首をしっかりとつかんだ。安西も義之の手首をつかみ、もう一人の作業員が佐々木の腰に両腕を回して支えた。佐々木たちが力を合わせて義之を引っ張り上げようとした、そのとき、鉄柵が傾いた。あっという声を残して落ちたのは……佐々木だった。

義之の横を通り越して落ちようとする瞬間、佐々木と義之の目が合った。そして下から看護師たちの悲鳴が聞こえた。辛うじて落下を免れた作業員と安西に引っ張り上げられた義之は、ぶるぶると震えだした。

「先生を、先生を殺しちゃった」

「違う、おまえは誰も殺してないんだ」

義之をきつく抱き締めながら安西は作業員を見た。自分で下を見る勇気はなかった。

「お、おれ、しっかり支えていたんだけど」

佐々木の腰を支えていたはずの作業員が震えながら下をのぞき、そして微笑んだ。

歓声に続いて拍手も沸き起こったのだ。

「大丈夫、先生は無事だ」

二人の作業員は、その場に坐り込んでしまった。安西は駆けつけた医師の手に義之を委ねると、下をのぞいた。佐々木は支えられながらも、しっかりとした足取りで歩いていた。笑顔で知らせたが、義之はその言葉さえ認識できないほどパニック状態に陥っていた。

佐々木が診察を受けている間に院長の勧めがあって、安西は義之のスタッフルームに泊まることにした。鎮静剤を打たれてベッドに眠る義之を見つめながら、「復讐」という言葉を発した義之の内面にあったものが、罪の意識だけではなかったことを確信していた。崇之と孝を一人の人間と思い込むことによって罪の意識を軽減しているものと思い、長い間、分離させることをためらっていた。それによって罪の意識が二倍になったとき、義之がどうなるか怖かったのだ。だが、いつの日か、戻って来た孝に復讐されるのではないかという恐怖のほうが強かったのだと気づいた。哀れなものだ。孝は二度と戻っては来ないのに。

安西は自分の言葉を心の中で反芻した。

（違う、おまえは誰も殺してないんだ）

義之は誰も殺してはいない。自分も殺すつもりなどなかった。孝を捨てるように依頼したとき、自分の発する言葉の意味を正確に考えてはいなかった。戻れない所に捨ててくれと依頼したが、殺してくれとは言わなかった。

だが、その言葉の意味をどう取るかは相手次第。引き受けた男たちの考えなど、若かった安西には予想できなかった。

男たちは孝を捨てたと言って、さらに報酬を要求してきた。支払ったはずだと言うと、川へ投げ捨てて殺したのだから、その分を支払えと迫った。自分の手を汚さなくても、依頼した時点で罪は成立するのだと思い、安西は男たちの要求に応じた。しかし、度重なる要求に危険を感じた安西は、沈めたという川を教えろと迫り、警察に行こうと言って男たちを退けた。その後は、少年の溺死体の記事を新聞で探し、孝ではないことを確かめる毎日。罪のない子を殺してしまった罪は償いようがないように思えた。そしてあの事件は起きた。孝の実父の要求に何度も応えてきた関根信義が、彼を殺してしまったのだ。

孝が殺されたなどと義之には話せないことだった。だが、なんとなく安西が孝を殺したのではないかと疑っているように思われた。口に出しては聞けない以上、安西はひたすら義之の症状に付き合うしかなかった。そのうちに義之が疑っているのではないかという思いは忘れた。亡くなった姉夫婦に代わって、精神を病む甥の面倒を見る必要などないと姉や兄は言う。だが、義之のうつ状態は彼らが思うほど重くもない。厚生労働省の通達があってから、事情を知る院長の滝田も入院をさせないようになった。彼の温情に甘えて、ずっとこのまま続くものと思っていた自分が情けなかった。

入院もできず、一人暮らしをさせるわけにもいかない甥の面倒を、見る必要などないと言うなら誰が面倒を見るのか。詰め寄る安西に、姉や兄は義之が近くにいると子どもたちの就職や縁談に差し支えると言った。自分の浅薄な行動が引き起こしたことだと思って、義之を守り続けようとした自分だが、もう若くはない。五十歳を越えて、このまま守り通すことに自信がなくなってきた。自分がいなくなっても、義之が暮らしていけるような環境を作っておいてやらなければと考えるようになってきていた。安西は佐々木にすべてを話す決意を固めた。一つ、孝の実父を養父の関根が殺したということを除いて。今日ですべてを終わらせて、宇都宮を去ろうと思った。

（五）

診察室のソファーに横たわりながら、佐々木は看護師に湿布をしてもらっていた。

「大変だったんですよぅ。救命マットや布団を持ってあっちこっち動いて。関根さんが止まった後少し時間があったからキャッチできましたけど、まさか先生が落ちてくるなんて」

「私だってまさかと思いましたよ。あのフェンスはもう老朽化してだめですね」

「先生、気づいてました？　北棟の屋上に印南先生が上ってＰＨＳで状況を連絡してくれてたんですよ」

「知りませんでした。皆さんに支えられてたんですね。感謝しなきゃ」

そう言いながら佐々木は、紺野夕紀の言葉を思い出していた。

（世の中、自分一人で生きてくわけにはいかないってわかってるでしょ。それとも、まだ一人で生きてく気？）

一人で生きて行かなければと何度思ったことだろう。人を自分の境遇に巻き込んで不幸にするくらいなら、一生一人で生きて行った方がいい。だが、それは一人で何もかもできるといった過信だったのかもしれない。それはまた、夕紀が言うように人とのつながりを拒否することであったのかもしれないと思う。

看護師が言った。

「関根さん、大丈夫でしょうか」

「大丈夫」

佐々木には、自信があった。落ちるときに義之と目が合った。その眼は病人のものではなかった。何が起きているのかわかっている。あれが最後の足掻きだったのだろう。ただ、さっきの事件が彼の心に波を立てたことは確かだ。だから鎮静剤を必要とした。予想通りのことだ。遠慮がちにドアをノックして、安西が顔をのぞかせた。立ち上がろうとする佐々木を制して安西は、椅子に坐った。

「大丈夫ですか？　先生が屋上から落ちたときは、心臓が止まりそうでしたよ」

「ええ、大丈夫です。体中痛みますが、レントゲンの結果は異状がないようです。大したことはないでしょう。大勢の人が下に救命マットや布団を敷いて待機していてくれましたから」

佐々木は看護師を見て微笑んだ。彼女は遠慮して、すぐに診察室を出て行った。安西が聞いた。

「中庭って指示したのは、どうしてですか？」

「関根さんは、人に迷惑をかける人じゃない。だから、人や車の少ないほうを選ぶと思ったんです。ところで、不躾なことをお聞きしますが、関根さんのご両親の遺産てそんなにあったんですか？　一介のサラリーマンでそんなに大金があるとは思えないんですよ。関根さんを安心させるためにそう言っただけですよね」

安西は佐々木の唐突な質問の意味を探って、その目をじっと見つめた。一方、佐々木は安西の妙な表情の意味を探っていた。安西は黙ってうなずいた。だが、そのことだけではあるまい。佐々木は安西の次の言葉を待っている。

「実は孝を殺してしまったんです」

驚いた表情の佐々木を見てうなずくと、安西はそのまま言葉を続けた。義之に孝を捨ててくれと頼まれたこと、実行を決意して祭の最中に、孝を前もって頼んだ男に引き渡したこと。安西は、ただ捨ててくれと頼んだだけだった。だが、男は川に投げ込んだと言った。しかも生きたままだ。罪のない子になんということをしたのかと後悔したが、生き返るわけでもない。心の中で供養し続ける毎日だったと。

――あのとき、僕は気づいていたんだ。叔父さんが僕を捨てる気だと。でも違った。トイレの中にいた男の人にいきなり口をふさがれ、リュックに押し込められて殴られた。気がついたら車の中だった。男が話していたんだ。山の中に穴掘って埋めちゃおうって。怖かったんだ。本当に怖かったんだ。嫌われているなら、死んでしまおうと思ったのに、僕は助けてと叫んでいた。死ぬことなんて怖くないって思ってたけど、そうじゃなかった。

佐々木は生き埋めにされたとは言えなかった。これ以上この人を苦しめたくはない。

安西の思っているとおり、川に投げ込まれたことにしよう。知らずに安西は続ける。

「私は捨ててきてくれと頼んだので、殺すとは思っていませんでした。新聞で身元不明の子どもの遺体という記事を探しましたが、何年経っても孝は見つかりませんでした。こんなこと義之に話せるはずがありません。でも、義之は何かを感じ取ったようで、黙って引きこもりました。私を庇うためでもあったのでしょう。お互いがお互いを思って何も言えずに、罪を背負って生きてきました。永遠に続く苦しみのように思っていました。でも……」

安西のことばを遮って、佐々木は言った。

「もう時効ですよ」

安らかな表情で安西が顔を上げた。その時佐々木がある決意をしたことなど思いも寄らなかった。

「それにしても、補聴器だと勘違いするなんて」

「……義之君が気づいたのは補聴器です。ただ、屋上で見せたのは、前の患者さんから預かったイヤホンですが」

「それでは、それじゃぁ……」

「孝です」

一瞬黙った安西は佐々木の顔をじっと見つめると、顔を歪め、はらはらと涙を流した。しばらく無言のまま時を過ごした。安西の啜り泣く声と鼻汁を啜り上げる音だけが続く。いつの間にか、琥珀色の光が安西の俯き加減の顔を染めていた。あの祭の日に孝が見た叔父の顔そのままに。

「義之さん、いや、兄さんや叔父さんがそんなに苦しんでいると知っていたら、私が生きていることを早く打ち明けたのに……。それでも時機というものがあります。今日だからこそ言えたのかもしれません」

啜り泣く安西にティッシュを渡しながら佐々木は話を始めた。

「川に投げ込まれ捨てられはしましたが、殺されてはいませんでした。たまたま釣りをしていた人が助けてくれて、一時的に養ってくれましたが、その後、佐々木医師の家に養子に入ったのです。この病院に週三回来るようになって、兄さんが入退院をくり返していることを知りました。なんとかして救いたい、苦悩から解放してやりたいと思って他の病院は辞めました。いつも近くにいてあげたいと思ったのです。でも、兄さんは作り上げた琥珀色の記憶の中に、すべてを封じこめてしまっていました。崇之と孝を分離させなければ兄さんの苦悩は終わらない。そして、そういう兄さんの世話をしてくださっている叔父さんの苦悩もと思いました。今日はそれを考えて担当を一人減らしました。そのほうが打ち明けやすいと思って」

安西は顔を上げた。

「そうでしたか。偶然だと思っていました。今日、私は決心してここに来たのです。そしてすべてを先生にお話ししてしまおうと……。私も義之の苦悩は、故意ではないにしても二人の弟を殺してしまったことが原因だと思い込んでいました。でも、そうじゃないんです。義之は孝に復讐されるほうが怖かった。さっき、それに気がついたんです。ですから、あなたが……孝が生きていたのなら、あの子の苦しみは解消されると思います。これからは、仕事を辞めてさくら市の喜連川に行こうと思います。喜連川では、義之のような人たちの社会復帰に力を入れているようですから」

「あそこの施設はもうなくなったと聞いています。たぶん介護施設になっているはずです。それでも町の人々は受け入れてくれるかもしれませんけど」

「そうですか。なくなっていますか。でも、いいんです。山や川を見て、温泉に入って義之の心が癒されるのなら」

「そうですか……私は、罪深いのですね」

「どうして？」

「私が関根の家に入ることで、皆さんを不幸にしてしまいました」

「そんなことはありません。義之の不幸は、父親も母親もあいつの苦しみを理解しなかったことです。弟崇之を目の前で亡くしたあいつの気持ちを思いやらなかった。孝……あなたのことは、私が自分で作った不幸です」

義之が引きこもったとき、両親は精神の病気を疑った。誰にも相談できずに苦しむ彼を、精神病院に連れて行った。入院する必要はないと診断されると、入院させてくれる別の病院を探した。彼が求めたのは両親の理解だった。お前を愛しているという言葉だったのに。親がもっと子どもの心に寄り添って、カウンセリングを受けさせていれば早く社会復帰できたのだが。結果的に義之の心に寄り添って最善の道を探したのは安西だった。

「義之には、どう対処したらいいのか戸惑って苛立つ両親がいる家よりも、心の安らげる場所が必要だった。それが病院だった。それだけです。姉夫婦が、あいつを入院させてほっとしているのを見ると、私は、やりきれなかった」

「それで守ってくださったんですね」

黙って安西は天井を見上げた。

「そうだ、戸籍を復元しなきゃ。五年前に抹消してしまったんです。それに佐々木家に養子に入ったとの手続きを取らないと」

「いいんです。関根孝はもともといなかったんです。戸籍を元に戻すには、私が浩一ではなく孝であると説明する必要があるのですが、私は親切な人に助けられたときから浩一になっているのです。手続きはややこしくなりますから、やめましょう」

「そんな……」

「もともと栃木孝もいなかったのです」

安西は佐々木の言葉の意味がわからなかった。

「あの姓は市長が付けてくれたものです。私は本名を言わなかった。正常な聴力を奪った父の家には帰りたくなかったんです」

「だけど、施設に入ったのは……」

「四歳になったばかりでした。でも、私には鮮明な記憶があります。幼児に思考力も判断力もないと思うのは、大人の思い込みですよ。辛うじて名前が言えるだけのように演じました。その時考えついた名前が『孝』です。そして私は年齢を聞かれたとき、とっさに指を三本出していました。それで、人々は住所がわからなくても不思議はないと思い込んだのです」

「そうですか。でも、川から助け上げられたときは、名前も住所も言えましたよね？どうしてそうしなかったんです？」

「祭の会場まで遠回りをするあなたに、何か不安を感じました。きっと捨てられるに違いないと思いました。それで、助けられたときは、記憶をなくしたふりをしたんです。言えなかったんじゃなく、言わない選択をしたのです。その時、浩一と名付けられました」

「そうか……」

安西から男に引き渡されたとき、孝は小学生だった。助けられたときには、名前や住所が言えたはずなのに言わなかったのは、孝の判断だった。義之が嫌っていることを感じていたから、本当の家族でもない関根家に戻って、義之や安西を窮地に立たせることなどできなかったのだ。

「……安西さん……叔父さん、関根孝はいなかった。いない者は捨てることも殺すこともできない。それでいいのじゃありませんか？　兄さんもあなたも罪を犯してはいない。そういうことにしてください」

うなずいた安西の表情は晴れやかだった。長年の罪の意識から解放される感覚が、彼の心身の隅々まで行き渡ろうとしていた。一方で戸籍を復元しなくてよいという安堵感が心を満たしていた。もしも復元して高木まで遡れば、佐々木は関根信義の死と高木の死亡時期に疑問を抱くだろう。それは避けたいことだった。

「一度だけでも、私を養ってくれた両親に会いたかった。でも、いないのですよね。父が事故で亡くなったというお話は聞きましたが、母は何で亡くなったのですか？」

「姉は病気で死にました。まだ若かったのに残念です。……実は、あなたの本当の姓だけはわかっています。そうか、本名を覚えているんですよね？　高木一郎という、あなたの戸籍は抹消されているようです」

安西は嘘をついた。浴槽の中で深紅の水の中に沈んでいる崇子の姿や、高木を鉄の灰皿で殴る義兄の姿が目交いにある。だが、孝だと打ち明けてくれた佐々木に、再び罪を感じさせるような残酷なことは言えなかった。診察室を出ようとして振り向いた。

「明日、義之が目を覚ましたら、すべてを話します。あなたが生きていたことで、あの子の心は解放されるでしょう。……生きていてくれてありがとう」

微笑んだ佐々木は深々と頭を下げた。

（六）

安西が去った後、佐々木浩一は、夕闇が迫って暗くなった診察室に、明かりも点けずに坐っていた。そこからは西空が見えない。微かに辺りを染める琥珀色の光を感じながら、「信濃路はいつ春にならん夕づく日……」と島木赤彦の短歌を口ずさもうとして涙が頬を伝うのを感じた。全身に痛みと倦怠感が襲ってきて、初めて心の底から誰かに助けてもらいたいと思った。下野市に住む夕紀に電話しよう。夕紀は言った。

（浩一さんは、いつも一人で生きてるのね。……誰にも迷惑をかけまい、誰をも頼るまいって思うのは、謙虚なようで実は人との繋がりを拒否するってことじゃない？私も拒否されてるのかなって思うと寂しくなっちゃうよ）

あの時、自分には意味がわからなかった。だが、義之を助けるために大勢の人が動いてくれた今日なら、バスにもタクシーにも乗りたくないと感じる今日ならわかる。

助けられたのは義之ではなくて、自分だったのだ。父尾島武男が死んでからというもの、自分は知らず知らずのうちに人との関わりを拒否していたのかもしれない。子どもたちとの接触はしながら、大人たちとの間に距離を置いていた。それを夕紀は敏感に感じ取っていたのだろう。急に夕紀の優しさがほしくなった。夕紀は、あのときのまま、あのアパートにいるだろうか。電話したら来てくれるだろうか。

常夜灯だけになった階段を下りて、公衆電話の受話器を取った。

「はい、紺野です。ただ今留守にしております……」

留守番電話のメッセージの途中で受話器を取った夕紀の明るい声がした。

「はい、紺野です」

「もしもし、浩一だけど……」

「……はぁい、お久しぶりね、今頃何?」

「迎えに来てくれないかな。バスに乗るのも億劫なんだ」

「どうしちゃったの?」

「屋上から落ちて……いや、怪我はないけど。なんか疲労感みたいなのがあって」

「わかった。病院に行けばいいのね」

「ありがとう。滝田病院ってところなんだけど」

「わかってる」

「じゃ、医局で待ってるから」

「任せといて。あ、もしもの時にケータイの番号教えてくれる?」

受話器を置いて壁にもたれかかっているうちに、今までの生き方が自分に緊張を強いていたことに気づいた。心身のすべてが、ほうっと弛んでいくのを感じた。考えてみれば、高木一郎の戸籍も、栃木孝や関根孝、尾島浩一の戸籍もない。父武男が死んだときに抹消してしまった。早まったと思う。今あるのは、佐々木浩一という戸籍だけ。自分の生まれたときの名前は、書類上抹消されている。どこにも存在しないまま、他人の名で自分を生きてきたけれど、今夜、心の中だけでも本当の自分、長い間捨てていた高木一郎に戻ろうと思った。だが、それでもわだかまりがあった。自分は本当に高木一郎に戻りたいのだろうか?

通りかかった看護師が声をかけてきた。

「先生、大丈夫ですか？　院長先生が今夜は泊まっていった方がいいとおっしゃってましたよ。それに、明日は休んだ方がいいって。予約は何とかしますから」

「ん、いや大丈夫」

「先生、若先生も休んでいいっておっしゃってるんですよ。人の厚意はありがたく受けるもんです」

　夕紀と同じようなことを言う。

「若先生が、車で送っていくそうです」

「大丈夫。今迎えを頼んだから」

「迎えって、先生、お一人だったんじゃないですか？」

「いや、あの」

「やだぁ、先生も隅に置けないんですね」

　笑いながらナースステーションに向かって行ったが、すぐ戻ってきた。

「もう表門は閉めてあるので、裏門から入ってくださいって、お迎えの人にケータイで連絡できますか？」

「できますけど……今日は表門を閉めたのですか？　いつもは開けておくのに」

「何だかわかりませんけど閉めちゃったらしいですよ。警備の人に奥様が迎えに見えるって言って置きました」

「何で……」

「いいじゃありませんか。ケータイの番号を教え合っている仲なんですから」

ウィンクをして看護師は戻って行った。

診察室に戻ると、まもなく内線電話があった。裏門の警備室前に奥様が見えていると。急いで行くと、夕紀が心配そうに立っていた。警備員に挨拶をして帰る車中で夕紀が言った。

「なぁに？　奥様って言われたわよ」

「いや、看護師が勝手にそう言っちゃったんだよ。ごめん」

「私はいいのよ。別に構わないけど。ところで、どこへ帰るの？」

言われて佐々木は気づいた。迎えに来てもらってどこへ行こうとしたのか？　自分の家？　夕紀の家？　自分は何を考えていたのだろう？　何も考えてはいなかった。

ただ無性に人の助けがほしかったのだ。

「私の家でいいかしら？」

「うん。夕紀さんさえよければ」

「いいわよ。でも、もしかして豹変するかもね」

夕紀のジョークに答える元気はなかった。それに気づいて夕紀が言った。

「大丈夫？　落ちたショックは後になって出てくるものよ。無理しないでね。シートは倒して」

信号は赤だ。一度捕まると、ずっと赤が続く。佐々木はその赤を黙って見ていた。いつの間にか、信号は緑になっている。どこかで青信号のサイクルになっていたのだ。緑の光が続いて、佐々木は尾島を思っていた。ホルマリン液の中で、やさしく萌黄色に光る父の裸体を。その父の戸籍を抹消してしまった。自分は佐々木浩一。四歳から現在に至るまで、自分は高木一郎以外の他人の人生を生きてきた。自分とは、自分の人生とは何だったのだろう。今、自分の人生そのものが否定されてしまっている。生きているのに他人からは見えない存在。自分なのに自分ではない存在。どこにも自分の戻るべき場所はなかった。ぼそっとつぶやいた。

「尾島の父の戸籍を抹消してしまった。僕には戻るところがない」

「ねぇ、浩一さん。抹消しても戸籍そのものが消えるわけじゃないのよ」

「え？」

「抹消戸籍は残っているし成人しているから、浩一さん一人の戸籍を作ることはできるの。もしも、尾島さんの戸籍を残したいなら、あなたが養子縁組を解消して尾島浩一になって、その戸籍を作ればいいのよ。そうすれば、あなたの戸籍に父尾島武男と書かれるから。今だって書かれているはずよ」

「そう言えばそうだ。それなら、父の恩に報いることができる。佐々木の父には悪いけど」

夕紀は微かに笑った。寂しそうなその笑顔に佐々木は気づかなかった。

夕紀の家はベッドが一つ。佐々木は床に寝ようとしたが、夕紀に止められた。病人はベッドに寝るものだと言って、自分が床に寝た。闇の中で、夕紀が言った。

「私ね、佐々木浩一ではなくて、尾島浩一が好きなの」

どういう意味か理解できないまま、佐々木は意識が遠のいた。朝の光で目覚めると、まだ脱力感があり、天井を見つめたまま、眠りに落ちた。眠りの中で尾島の父が浮いている夢を見た。暗い水の中で、父の体だけが萌黄色に光っていた。はっとして再び目覚めたときは正午になっていた。「夕紀さん」と呼んだが返事はない。体中が痛いが、やっとのことで起き上がると、テーブルの上にメモがあった。

病院には休みの連絡をしておきました。仕事が終わったら、急いで帰ってきます。冷蔵庫にあるものを食べてください。

冷蔵庫には、野菜サラダと牛乳があった。他にゼリーなどかまずに飲み込めるようなものがいくつか。夕紀の気遣いがわかった。だが、それを口にする元気もなかった。全身がだるい。またベッドに横になっていると、昨日の夕紀の言葉が思い出された。

(佐々木浩一ではなくて、尾島浩一が好きなの)

尾島に戻れということか。それがいいかもしれない。養家を出よう。教育を受けさせてもらったが、もともと佐々木の父には好意が持てなかった。自分を養子にした魂胆が見えてしまったからだ。機能的には問題がない目が、どうやったら見えるようになるか。その過程を観察し、論文にして学会で発表するつもりだった。だが、養子縁組をした途端、見えるようになってしまったのだから、当てが外れたのだ。そういうこともあって、何となく居心地の悪い家だった。改めて養家を出ようと思う。そうして尾島浩一の戸籍を作ることで、武男の存在が生きる。実の父親を拒否した、四歳の自分の意志も生きるだろう。自分の欲している自分は、尾島浩一だと思った。

（七）

浩一はだるさを感じたまま、ベッドに横になっていた。

ヴュウッ、ヴュウッ、ヴュウッ〝地震です　地震です〟

突然、ケータイが不愉快な音を立てた。緊急地震速報が入ったのだ。二回目の音とほぼ同時にゴーッという音が聞こえて、ガタガタガタとダンプに揺れる家屋のような音が近づいてきた。浩一は思わず飛び起きて立ち上がったが、足を前に出そうとしても、まるで、いきなりトランポリンの上に置かれたようで、立ったまま動けなくなった。横揺れの後、激しい縦揺れが起きて、そのまま立っていた。棚の上のものが落ちそうになる。電子レンジが上下に動く。今まで経験したことがないような地震だ。少し収まると同時にケータイが鳴った。

「もしもし、大丈夫？」

「大丈夫。夕紀さんは?」

「大丈夫よ。これから実家に電話をかける」

それで切れた。電話が鳴る。浩一は夕紀の家にいることを忘れて出たが、少しの沈黙の後、無言のまま切れた。テレビをつけるとまもなく、津波の様が映された。家が車が人が、ガスタンクや電車、タンクローリー、旅客機までが流される。もの凄い力だ。福島第一原子力発電所を津波が襲う。チェルノブイリの原発事故が脳裡を過った。浩一は日本は終わりかもしれないと思った。逃げるか? どこへ? 放射能汚染の範囲などわかるはずもない。おそらくメルトダウンが起きるだろう。そうなったら、どこへ逃げても同じこと。午後七時三分、政府が原子力緊急事態を宣言する。午後九時二十三分、三キロ圏内の住民に避難指示を出す。なぜ三キロ圏内か、なぜ同心円状の想定か。テレビでは大丈夫だと言い続けている。チェルノブイリ原発事故と違って、格納容器の中にあるから大丈夫だと言う。大丈夫なものか。人間は目に見えないものの恐怖を意識しない。マンションの配管、地下に埋設されたガス管や水道管など、どこで破損しているかなど見えていないのだ。目に見えない原子炉建屋内の損傷すらわからないのに大丈夫と言い続ける無責任。SPEEDI(緊急時環境線量情報予測システム)はどうした?

この時、浩一は、政府がSPEEDIの存在すら知らないことに気づかなかった。一瞬、チェルノブイリの〝象の足〟を思った。炉心の溶融の後、溶け出た核燃料が〝象の足〟を思わせるグロテスクな塊となって、二十五年経ってもまだ放射線を出し続けている。原子炉をコンクリートで固めた石棺は、もはや劣化して一部青空が見えている。一度事故が起きれば、汚染は三キロや十キロではすまない。政府は重大な事故の可能性を隠しているのかもしれないと思った。チェルノブイリの経験は生かされない。どの方向へ逃げるのかもわからずに避難を指示される人々。逃げる途中に高い放射線を浴びる可能性があるというのに。危険なのは原発周辺の人々だけではない。もし、水素爆発が起き、最悪の場合、格納容器までもが破壊されれば狭い日本などひとたまりもないのではないか。南北に長い形状が救いと言えるかもしれないが。浩一は最悪の事態を考えていた。地震や津波で山が裂け、海が燃える。その上に原発事故だ。もしも明日日本が滅びるならば、そのとき心を許せる人と一緒にいたいと思った。

十時頃になって帰ってきた夕紀は、会津高田の実家や養家と電話がつながらないと言った。今から福島へ行くと言う。浩一は自分も行くと言った。二人北へ向かったが、東北道は使えない。余震の続く中、那須甲子道路方面に車を走らせたが、まもなく今回の地震が尋常ではないことに気づかされた。塀や屋根が崩れ、道路に亀裂が入っている。電気の点いている一帯と点いていない一帯がある。信号機が消えているところもあり、広範囲の停電が起きていた。暗い。その中で、人々は明日を模索しているのだろう。今日は大変な日だった。でも、もう大丈夫。そんなことを思っているのだろうか。通行止めの標識の前で、浩一が言った。

「帰ろう。帰りのガソリンがなくなる。明日はガソリンが足りなくなるかもしれないよ。辛いけど、帰ろう」

浩一の言葉にうなずいた夕紀は、引き返そうとして国道四号線に出た。そのとき、異様な光景を目にした。闇の中を続々と南下する車の群れ。夕紀はカメラに収めた。今日の午前中までの、普通の暮らしが一変し、家を捨て故郷を捨てて人々は南へ向かう。これは地震のせいじゃない。放射能から逃れるためだ。涙が出た。浩一が運転を代わってまもなく、養家と電話が通じた。

「もしもし、ああ、やっとつながった。お母さん大丈夫？」

「大丈夫だよ。お父さんもお姉さんもね」

「よかった。何度かけても通じなくて、心配してたのよ」

「……通じないって。お前、すぐに電話したのかい？　こっちが電話したって出もしないで。一番先に誰かに電話してたんだろう？　会社かい？　男かい？　実家のお母さんがさ、電話したら男が出たって言ってたよ」

夕紀は、嫌な言い方だと思った。

「あの人は、屋上から落ちて家に帰れないから泊めただけよ」

「あんた、どうして素直に言えないんだい。屋上から落ちて助かる人なんているかい。作り話ばっかりして。あんなに面倒見たのに、いざとなれば親なんかどうでもいいんだ。もういいよ。お前とは親でも子でもない。好き勝手すればいい。帰ってこなくていいから」

「お母さん、そんなこと言わないで」

電話は切れた。音から、強く受話器を置いたのがわかる。電話の内容の一部を聞き取った浩一が言った。

「ごめん。僕が電話に出なければよかったのに」

首を横に振りながら、夕紀がぽつんと言った。

「もう、帰ってこなくていいって。私、帰る家がなくなっちゃった」

「どうして、そんなことを言うんだろう？」

「姉夫婦がね、伯母さん夫婦と養子縁組みをしたのよ。いつまでも結婚もしないで、養子に帰ってこない私に愛想が尽きたんでしょう。姉が男の子を妊娠したからって、したの。小姑の私がいても実の姉妹なんだから、いいだろうって考えたらしいんだけど。実の姉妹だからこそ、よくない場合だってあるのよね。とにかく、跡継ぎができた今、私はもういらない娘。実家に帰ろうと思ったって、そこにも兄夫婦がいて、養子縁組を解消されたからといって今さら帰れない。私って一体何者だったんだろう？」

一瞬黙った浩一が口を開いた。重い口調だった。

「夕紀さん、自分でない自分を生きた者同士、どこにも親の家がない者同士、一緒に暮らそうか」

「それってプロポーズ？　こんなときに言わないで。もっとロマンチックに聞きたいから」

しかし、夕紀は前を見つめたまま小さくうなずいた。浩一をマンションの前で降ろし、自宅へ帰ろうとする夕紀を浩一が引き留めた。

「もう遅いよ。今夜は僕の所に泊まっていけばいい」

ためらう夕紀に言った。

「これからも余震がある。心配しているより、一緒にいた方がいいんだよ」

放射能に日本のほとんどが汚染される危険性があるなどと言えなかった。もしもの場合に、二人で最期の時を迎えたいとも言えなかった。

「大丈夫何もしないから」

「わかってる」

寂しそうに微笑んだ夕紀は、その夜、声を上げて泣いた。非常時にセックスをしたいと思うのは男の本能。それを女が受け入れると思うのは男の願望。だから、一度非常事態が起きれば、女にとっては男は油断できない敵になる。阪神淡路大震災のとき、何人もの女が泣いた。それは語られないが、自己の尊厳を蹂躙された女たちの傷は深い。今度もそういうことが起きるだろう。そういうときに守ってくれる男の一人が浩一だとわかってはいるし、ただ一緒にいたいだけだと言う浩一の気持ちもわかっているつもりだ。

もう自分の居場所はない。浩一と二人で家庭を築いていく以外に選択肢はないように思える。だが、翌十二日の朝、夕紀は家に戻った。浩一と似た境遇にあるからといって、非常事態の中で自分を見失ったとは思いたくなかった。後悔のない状態で結ばれたかったのだ。すべては冷静に自分の境遇を理解し、浩一の苦悩を理解してからだと思った。

（八）

浩一はテレビで繰り返し流される津波の光景を観ていた。病院も役場も流されて機能しなくなっている。水没した書庫やパソコンに入っている住民のデータはバックアップしていない限り、カルテも戸籍も消滅して、復元するのは大変だろう。多くの人々がその意志に反して自分の戸籍を失っていく。そしてハンセン病の患者を思った。隔離施設に強制的に入れられ、戸籍を消され、姓名の変更を強制され、断種、堕胎を強制された人々。意志に反して戸籍を奪われ、人権すらも奪われた彼らの苦しみを思った。それに比べて他人の名前で生きてきたとしても、それが何だというのだろう。自分は自分を生きてきている。名前が変わっただけだ。しかも、その名前は自分が、その時々に選んできたものだ。苦しみ、悲しみを言うのは彼らに申し訳ないと思う。

十四日には3号機の原子炉建屋が水素爆発。戸籍だの何だのと言っていられる状況ではなかった。その夜、夕紀が再び浩一の部屋を訪れた。あちこち取材に駆け回ったと言う。新聞記者ではないのに。

「テレビや新聞で見る東北地方の惨状ほどではないけれど、山が裂け、屋根や塀が崩れ、液状化も起きて、あちこちで断水や停電が起きている。ガソリンスタンドは長い行列で、みんな殺気立っているし……信号機が使えないために交差点に警察官が立っているし。普通の暮らしになんか、いつ戻れるのかわからない。でも、きっと戻れるんでしょうね。希望だけど。……この前のプロポーズ、受けていいかしら。結婚を前提にお付き合いするということで」

目に焼き付けた惨状が、夕紀を心細くさせていた。それは理性を失いたくないという思いに勝るものだった。浩一にもそれはわかる。

「もちろん。友達ではなく、恋人として付き合わせてください。今夜は泊まっていく？」

「ううん。帰る」

「そうか。明日は放射性物質が大量に飛散する恐れがあると言うから、気をつけて」

十六日、幸いにして今日も存在する日本の中で、浩一と夕紀は、この世にたった二人だけという思いで生活しながら勤めを続けた。だが、一週間を過ぎて、夕紀は考えた。このまま実家や養家との縁を切っていいものだろうか。大震災以来、メディアは盛んに「絆」を伝えている。絆を実感し、絆を深く意識する人がいる一方で、縁を切られた自分がいる。しかし、縁など簡単に切れるものではない。やはり行こう。福島へ。道路が寸断されていても、向こうから避難してくる人がいるのだから、こちらから行けないはずがない。

「会津西街道や那須甲子経由がだめなら、ぐるっと迂回して大子から矢祭《やまつり》に向かって進み、そこから猪苗代湖の南岸を通って西に向かえばいいと思うの」

大子を経由する道路の状況もつかめない。さらに大子を経由すれば、より原発に近づくことになる。夕紀は原発の状況に懸念を抱いていないのだろうか。行っても帰ってこられないかもしれないことなど、考えていない。ただひたすら行くことだけを考えている。しかし矢祭? ふと浩一は尾島武男の戸籍を思い出した。武男の母は、福島県の東白川郡矢祭町出身だった。何となく会津高田出身の夕紀と自分は縁があったのかもしれないと思った。

夕紀の決心を聞いた浩一は言った。

「僕も考えていたんだ。夕紀さんの故郷は福島。大切な家族がいる。でも、もう少し待とう。夕紀さんの言うルートが可能とは思えないんだ。君もわかっているんだろう？　辛いけど、待とう。でも、大震災以来、原発事故以来、福島の人の心は助けを求めている。僕は心療内科医だ。行かなければと思った。僕にはもう家族がいない。だから、夕紀さんの家族を自分の家族と思って生きようと思ったんだ。実は、福島の医科大学と連絡を取って、来月から週二回だけ手伝いに行くことにしたんだ。そうしたら行こう。会津高田へ」

「ありがとう。でも、もしも紺野の両親や大石の……私の本姓は大石なの……両親に拒否されたら？」

「構わないさ。たとえ拒否されたとしても、僕には君がいる。君には僕がいる。それでいい。もう僕は大切な人を不幸にするんじゃないかなんて言わないよ。夕紀さんを必ず幸せにする」

「二度目のプロポーズね」

「僕は養子縁組を解消して尾島浩一に戻ろうと思う。そして夕紀さんを尾島の戸籍に迎えようと思っている」

「ありがとう」

次の日曜日に電話があった。大石の母からだった。

「来なくていいからね。浜通りの方から避難してくる人でここら辺は大変な騒ぎだよ。無理してこなくていいからね。私らは大丈夫だから」

生みの母の娘を思う言葉だった。縁を切られてはいない。夕紀はほっとした。それでも、浩一と夕紀はその次の日曜日に福島に向かった。養母は電話で言ったほどには怒っていないように見えた。養父母は結婚の意思を伝えると、「ふうん」とだけ言って、興味を示さなかった。

その後、浩一は尾島浩一に戻り、夕紀の入籍を済ませた。挙式も披露宴もないが、二人は宙に浮いたような不安定な自分の心と体を、しっかりと現実の世に存在させようとした。高木一郎や紺野夕紀を捨てて、尾島浩一、夕紀夫妻として流されない人生を歩み始めたのだった。

「夕紀さん、実は受け取ってほしいものがあるんだ」

「なに？」

浩一が取り出したのは、小さな真珠のネックレスだった。

「父が生前に買い求めて置いたものなんだけど、イヤリングとセットになっていた。父は、お世話になった新井先生の奥さんにイヤリングを、夕紀さんと結婚することになったら、夕紀さんにネックレスをあげてほしいと言い残していたんだ。だから、受け取ってほしい」

「新井先生って？」

「この前渡してくれた手紙を書いた人。僕を火の中から助けてくれた人なんだよ」

浩一は、手紙の内容を夕紀に教えた。


あなたは尾島浩一という名前で生まれ育ったのです。尾島武男というお父さんの心を理解しているあなたは、これからあなた自身の幸せを求めるべきでしょう。それが、全力で守ってくれたお父さんへの恩返しになると思います。

添えられた歌も教えた。

現身の終の仕へと老父の夜のしとねを敷きまゐらせつ
病み崩えし身の置処なくふるさとを出でて来にけり老父を置きて　　津田治子

「津田治子って？　聞いたことのある名前だけど」
「『癩《らい》園を原籍地として生きむとす尚いく年か十幾年か』という歌も詠んでいる。当時は〝らい〟と言われた病気に対する差別と偏見から、強制的に熊本の菊池恵楓園に収容されたハンセン病の歌人だよ。だから、津田治子は本名じゃない。新井先生の手紙を読んでから調べたんだ。強制的に奪われたわけじゃないけど、僕も本名じゃない人生を生きてきた。でも、そんな僕を尾島の父がしっかりと受け止めてくれたんだ。その父が、夕紀さんを僕の伴侶と思ってくれたものだから……もう少し経ったら、もっと大きな真珠を」

夕紀が神妙な面持ちで言った。

「このままいただくわ。真珠の大きさよりもお父さんの気持ちの方を、ありがたく受け止めたいから」

手紙の中にあった「生き埋め」という文言は言わなかった。結局、浩一の栃木孝、関根孝として生きた人生は、夕紀に告げられることなく消去された。人を苦しめるような経験は話さない方がいい。浩一は〝高木一郎〟からすぐに〝尾島浩一〟になった、それ以外の過去に己の存在を認めようとは思わなかった。苦しい経験は未来のためにある。未来を見据えた生き方が、自分という存在を確実なものとするはずだ。これからは、自分が望まない過去の記憶を捨てて、自分が選んだ自分を生きようと決心した。しかし、捨てようとする記憶の中に安西光男と関根義之がいる。


一年後、安西から手紙が届いた。喜連川のお丸山公園に建っているスカイタワーを背景に安西と、かつては浩一の兄であった義之が笑顔を見せている写真が同封されていた。タワーの下の斜面にはブルーシートが掛けられ、赤茶色の山肌がむき出しになって崩れたままだ。地震の爪痕は残っているが、手紙には二人が介護の仕事に就いて、やり甲斐を感じていると書いてあった。三人三様の琥珀色の記憶は、あの日を境に三人の脳裡から消えていった。関根家の不幸な記憶からは解放された。しかし浩一は思う。一旦できた安西や義之との縁は切れないと。自分が一方的に捨てた〝関根孝〟の過去の中に、冷淡に彼らを閉じ込めることなどできない。だから、これからも続けようと思う縁は、家族としてではなく、心療内科の医師と患者という関係においてだ。再び琥珀色の記憶が甦らないように見守り続ける。それが、自分に関わって不幸になった二人への償いの仕方なのだと思った。その償いが終わったとき、浩一の人生は真実のものとなる。

読者に寄せる

小説家　松本富生

個々の人格には、その生き方において様々な面相を帯びているのが人間の現実でもあろう。真、善、美といったものが基本的な様相なのかもしれない。

だが、その生き方で対極的な姿もある。死と生、虚偽と真実、悪と善、醜と美といったように複雑で怪奇なものでもある。

この小説、『浮遊する記憶』は人間の業の深さ、対極的な深さを言い表わしたものとして、著者の力量のたしかさを感じさせるものである。

人生には、様々な人間模様があり、形や姿において、いろいろと織りなすものがある。縦糸、横糸を紡ぎ合わせて綾なす織物が仕上がるように、人間関係も同様であろう。

この小説は、そういったことで複雑・怪奇ではあるけれども、明らかに、人としての、こうあるべきだという形や姿を多様な人物登場の各々の視点で描き出されている。

人間関係の複雑な相関図とも言える序章の「真珠のネックレス　記憶された少年」は、

推理小説めいたものであるが、思わず引き込まれて行く筆力がある。全編を貫く伏線が地下伏流水のように描かれているのである。

読者は、この小説の主人公は一体誰なのだろうと戸惑い、迷路を辿るような気分にもなろう。

各々の章において語り手がいて、最終章の「琥珀色の記憶　選ばれた記憶」において収束し、全体の主人公の像がくっきりと浮かび上がって来る。地下を流れていた伏流水が湧水となるのである。

各人各様の登場人物がいて、それぞれに相関関係のようなものがあり、絡み合って、絡み合って、縺れていた糸を徐々に物語の進行と共に解して行く。

第一章「真珠のネックレス　記憶された少年」の主人公は小学校教員の新井昇一で、昇一の妻、かつての知り人である尾島武男とその養子であろうと思われる尾島浩一、そして武男の姉等が登場し、物語の序章を形成する。この章のキー・ワードとなるのは、「お父さん、僕を捨てないで」という子どもの頃の浩一の言葉であろう。

第二章「萌黄色の光　罪を記憶する医師」の主人公は大学の文学部学生の紺野夕紀であり、彼女の周辺の学生、医学部の学生である佐々木浩一（実は尾島浩一）、ゼミ担当教授、助教授の弓削、そして尾島武男が登場する。夕紀と浩一との出会いが物語を新たな展開へと導き、尾島武男の死で各々の人物をつなぐ糸が太くなって行く。夕紀は故郷福島の降り注ぐ光が、周囲を萌黄色に染め上げて行く光景が好きだった。尾島武男の死の時、「お父さんの解剖の日ね、私、萌黄色の光が西の空に飛んでいくのを見たの」と言った夕紀の言葉は象徴的で、浩一と義父の武男との絆を感じさせる色でもあろう。

又、この章において留意すべきことは、既に多くの人が読んでいるであろう著名な小説の幾つかである。夏目漱石の『道草』、『心』、V・ユゴーの『レ・ミゼラブル』、J・コンラッドの『ロード・ジム』等の小説が、この『浮遊する記憶』を読み解く下地にもなっていることである。罪の意識という共通項があるのだ。

佐々木浩一が背負って生きて来たであろう運命ともいうべき正体が、次の章への言葉のリレーとなって緊張感が高まって行くのである。上弦の月が満ちて行くように、時には群雲に隠れて行くように膨らんで行く。

第三章「柘榴色の水　記憶に囚われる人」の語り手は、新たに登場する安西光男である。安西の甥である関根義之との濃密な関係が展開され、やがては佐々木浩一へとつながって行く。関根義之は、安西光男の姉の嫁ぎ先である関根家の長男であるが、叔父と甥とは共通の罪の意識にさいなまれて行く。姉の崇子と夫の関根信義、次男の崇之、そして崇之の死んだ後に養子として迎えられた三男の孝と、安西を取り囲む様々な人物の登場で、物語は複雑に進行して行く。佐々木浩一の姿が徐々に明かされて行くのである。

現代社会は、魑魅魍魎の様相を呈している。人は移り変わりが激しい。一人一人が皆、別々の人格と存在感があり、矛盾していること、気紛れでもあること、筋が通ってないこと、様々なことがないまぜになっている不可解な存在である。ふと、石川啄木の短歌が浮かび上がって来る。

人といふ人のこころに一人づつ
　囚人がゐてうめくかなしさ

その、哀しい存在である人間は、決して一人では生きて行けない、人と人との絆が大切であることをこの『浮遊する記憶』は物語っている。熟読してほしい小説である。

平成二十八年九月秋分の日
那須烏山市小塙の寓居にて

加葉《かのは》まひろ

1949年1月生まれ。

宇都宮大学教育学部卒業。

栃木県立高等学校教諭、予備校非常勤講師、下野新聞社進学指導委員、NHK文化センター宇都宮教室講師を経て現在に至る。

現在、栃木県文化協会会員、栃木県文芸家協会理事。

　　栃木県芸術祭審査員、専門委員。宇都宮市民芸術祭審査員。

＜主な作品＞
　戯曲「桜は八重の」。小説「トパーズ色の記憶」。小説「小さじ一杯の距離」。

浮遊《ふゆう》する記憶《きおく》

2016年11月15日　初版第1刷発行
著　　者　加葉まひろ
発 行 所　下野新聞社
　　　　　〒320-8686　栃木県宇都宮市昭和1-8-11
　　　　　TEL 028-625-1135（編集出版部）　FAX 028-625-9619
印刷・製本　株式会社シナノパブリッシングプレス

ISBN978-4-88286-635-0
